烙在时光里的印痕

席慕蓉 著

人民文学出版社

这是2007年夏天在内蒙古鄂尔多斯伊金霍洛的成吉思可汗陵所拍摄的相片，摄影者是朵日娜。

我身上穿的是2005年夏天去新疆温泉县拜访时，当地乡亲送我的袍子。

在新疆北部，有许多乡亲是三百年前被清朝政府强行从故乡察哈尔部迁到新疆来戍边的。表面是为国防，其实还含有分散察哈尔部的私心，在遥远的地方成立了博尔塔拉蒙古自治州。所以，我就是远道前来探亲的"我们的姑娘"了，怎么也得给她做一件蒙古袍子吧。因此，在不同的地方，我一共收到了三件衣裳。

奇怪的是，他们从来没见过我，新做的袍子却完全合身，几乎等于量身定做似的，舒服又合适。我于是带着它在成陵再穿了起来，心中觉得温暖。

青铜小件，横只有三厘米，直四厘米。底部的圆座中空。应该只是一只小鸭或小鸟，极小，但眼神清澈，恍如旧日时光仍在。应是觿的上端。

——春秋晚期到战国早期

青铜小件，最小的横只有三厘米，高两厘米。底部压平。应是觿的上端，与下端的圆柱体脱落。

——西周晚期到春秋早期

蒙古高原上有许多史前岩画，学者说应该在纪元前三千年到纪元前一万年之间。这幅是内蒙古阿拉善盟右旗的曼德拉山上千百幅中的一幅。

多么不可置信的构图！如此精密如此严谨，用去了多少时间和心血？

我曾在2005年的10月和2010年的9月两次攀爬上山，那激动之情难以言表。回来后我写信给晓风，问她记得泰戈尔的那句诗吗？"你是谁啊，你，一百年后诵读我诗篇的人？"

在那山上，我只需要更改一个字：

"你是谁啊，你，一万年后诵读我诗篇的人？"

我想，我应该是听见了，也诵读了。

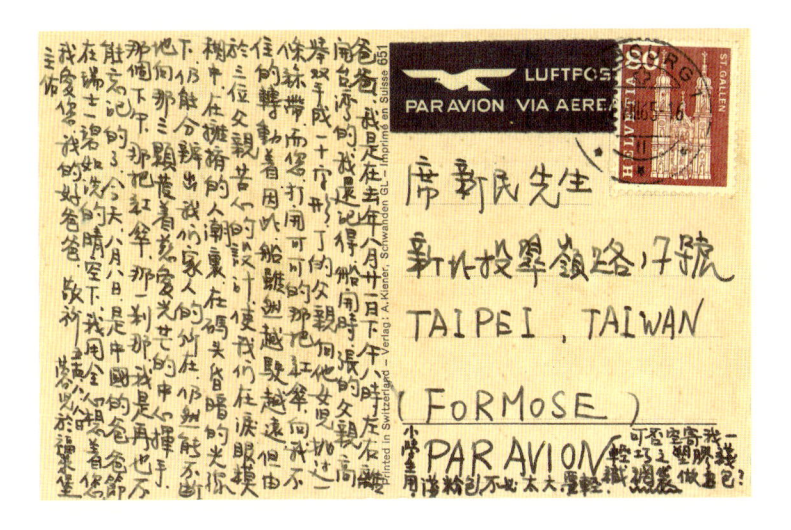

这是1965年8月8日写给父亲的明信片。出国已快满一年了。暑假到瑞士福莱堡去上法文文法补习班。父亲节想念爸爸,就寄上一张热情的明信片聊表寸心。

《八骏图》轴（局部），清郎世宁绘，台北故宫博物院藏。

这是原画的下半部，原是立轴形式。八匹骏马各有身份，是郎世宁的巧妙构想，让观者可以清楚看见马群的家庭构造，而不止是单纯的八匹马而已。

这里是蒙古国后杭盖省温德尔乌兰苏木，山谷叫作基日嘎朗图音阿玛，译成汉文就是：幸福之门。

整个长长的河谷地都属于汗诺巴克。

我有幸跟随乌兰巴托大学的考古学教授 Dr. Erdenebaatar 和内蒙古导演查格德尔前来。我虽然不是初次见到鹿石，但像这样众多与美好的鹿石却从来没有机会见到！

整个上午就在鹿石群中走来走去，中午回到距离算是"附近"的牧民家中午餐，下午再回来，就起风了。那风势凌厉并且永不止息，我才明白，为什么每座鹿石背面的纹路都模糊不清了。

（有一点小趣闻：请看图中三人的服装，就知道蒙古人、内蒙古人和台湾人的抗寒能力如何了。）

献给

巴岱先生
贺希格陶克陶教授
宝音达来牧马人

以我深深的敬意与感激

目 录

前言　1

代序　执笔的欲望　1

第一章　昨日

漫漫长夜　3

注记　6

空间　8

追思　10

困惑　12

在戈壁　15

日记一则　18

瞬间　21

此刻的收获　23

第二章　朋友

谢函　29

一封直白的信　33

给向阳的信　38

礼物　41

尔雅时光　45

红玉米　49

永世的渴慕　51

生活·在他方　56

第三章　珍贵的教诲

日升日落·最后的书房　65

夜间的课堂　73

有一首诗　80

天穹低处尽吾乡　86

心灵的飨宴　92

寒玉堂　101

第四章　失而复得的记忆

写在前面　111

第一封信　115

第二封信　117

第八封信　120

第九封信　126

第十封信　129

第十二封信　130

第十三封信　134

第十五封信　136

第二十四封信　140

第二十六封信　142

第二十七封信　144

第二十八封信　147

第五十一封信　151

第五章　原乡的课堂

郎世宁的《八骏图》　157

原乡的课堂　164

烙在时光里的印痕　171

歌·诗·大自然　175

一个"旁听生"的课间笔记　179

七颗小石子　184

生命的谜题　189

附　录　访谈录

寻路故乡　197

前言

时光奔驰如飞,许多事都过去了。今天晚上,终于明白,没有什么可怀疑的了,如果我一直忠于自己,我毕竟也忠于那个庞大的族群。

时光奔驰如飞,许多事都过去了。在灯下,如今叮嘱自己,要慢,要慢,慢慢地写。写已经过去了的事,但不是只要回到过去而已,是把过去增加到现在的里面,这样,才能够慢慢地望向未来……

或者,最少最少可以明白,自己书写的此刻,究竟价值何在?其实,那应该只是一种渴望的完成。什么炎凉都能忍受,什么阻扰也不去理会。

这渴望一直在我心中,在书写时紧贴着我。前路上能遇见什么?能找到什么?能解释什么?能不能与自己沟通?这个自己,是个体的我,也有可能是一直隐藏在什么地方的那个庞大的族群中的我?

时光奔驰如飞,许多事都过去了。今天晚上,终于明白,没有什么可怀疑的了,如果我一直忠于自己,我毕竟也忠于那个庞大的族群。

慕蓉

2023 年 6 月 6 日

代序

执笔的欲望

今夜 窗里窗外
宇宙依然在不停地消蚀崩坏
这执笔的欲望 究竟
从何而来?

一生　或许只是几页

不断在修改与誊抄着的诗稿

从青丝改到白发　有人

还在灯下

这执笔的欲望　从何生成

其实不容易回答

我只知道

绝非来自眼前的肉身

有没有可能

是盘踞在内难以窥视的某一个

无邪又热烈的灵魂

冀望　藉文字而留存？

是隐藏　也是释放

为那一路行来

频频捡拾入怀的记忆芳香

是痴狂　并且神伤

为那许多曾经擦肩而过　之后

就再也不会重逢的光影图像

是隐约的呼唤

是永远伴随着追悔的背叛

是绝美的诱惑　同时不也是那

绝对无力改变的承诺?

如暗夜里的飞蛾不得不趋向烛火

就此急急奔赴向前

头也不回的　我们的一生啊

请问

还能有些什么不一样的解说?

今夜　窗里窗外

宇宙依然在不停地消蚀崩坏

这执笔的欲望　究竟

从何而来?

为什么　有人

有人在灯下

还迟迟不肯离开?

2009 年 1 月 7 日

第一章 昨日

我一向是个散漫的人,可是,为什么住在我心里的那个她,却总是想要留下那些清清楚楚的时光注记呢?

漫漫长夜

诗人陈克华 2018 年出版的《诗想》,其中有一段谈到初民的渡海,他说:

> 原始人操着简单的舟桨远渡重洋,
> 用臀部感知洋流的方向,
> 以耳朵聆听星光,以皮肤呼吸海风。
> 这便是诗最真实的源头。

这使我想到属于旧石器时代早期的那些个漫漫长夜,最初最早的辰光,语言是否还在被紧密埋藏,在等待酝酿?

是在哪一种芳香哪一阵痛楚袭来之时的突发的渴望?万般热切,渴望诉说,渴望分享,渴望能从身体里不知有多深的深渊中打捞出那潜伏已久的机锋和词语,好来在黎明的光照中互相致意。滔滔不绝啊!万分喜悦!

那时,想必有许多艘独木舟是用山间的桦树皮制造的。那时，巨大的大兴安岭才刚刚睡醒，白桦林漫山遍野直直地往高里长，细碎的叶片在风里簌簌作响闪闪发光。坚韧又柔软的树皮可以削到极薄，可以卷曲，可以环绕，仿佛也是一层有温度的皮肤。那时，舟子之中想必也有鄂温克猎人的远祖，在世代谨记的传说里，就记述着那一次的别离。

那时，族中有支往北迁徙的队伍沿着海岸走到陆地的尽头。海岸在此形成三角形，最北端的陆地像个箭头似的往前直伸出去，海水缓缓地围绕过来，那折痕就像一把弓。众人在此犹疑不定了，要何去何从？

前面好像只有两个选择，一是继续沿着海岸折转往西前行，一是转过身再往来时路走回去。不过，在族中萨满夜间的梦境里，还有另一种抉择，那就是面对海洋，渡向彼岸。

是的，在萨满的梦中，有位须发皆白的老人夜夜前来，他说："这可是弓与箭俱在的海岸啊！从这里出发，渡海的你们将如这满弓上射出的箭，瞬间即会抵达彼岸。去吧！去吧！一路平安。"

鄂温克人并不惧怕海洋，他们娴熟泅泳。也扎过木排，造过大船，更精于独木舟的制作。只是，如今这抉择非比寻常，是从此就要与原乡永别了吗？

萨满愿意给大家再一个晚上的时间。他吩咐各人依照心中愿望来决定睡眠时的方向，并祝大家一夜好眠。

果然，当黎明的海风吹拂之时，不管是头朝着大海，或是头朝着家乡，这两群心意已定的人都还在沉睡，睡得像婴儿般安详。

萨满俯身将他们一一唤醒，然后他说："让我们分手吧。"

"让我们分手吧。"站在古老的传说里，萨满向留在岸上的人依依告别："谢谢大家的同心协力，现在，一切都准备妥当了。今天，我要领着朝向大海睡的人渡过海洋，同时也祝福朝向老家睡的人早日回到家乡。请记住，梦中的老人告诉了我，对岸是一处美好的地方。或许，有一天你们会来寻找我们，请记住，它的名字叫作'阿拉希加'，是的，我们恒久等待你……"

今天，如果我们去到阿拉斯加，将会在博物馆里见到萨满传下的神鼓和他的萨满服。在篝火旁有年轻的萨满诵唱着古老的赞歌，还有更年轻的孩子们在欢声应和：等待你，等待你……是的，在鄂温克的语言里，"阿拉斯加"的意思就是"等待你"。

注：萨满的梦与启示，来自《鄂温克史稿》，乌热尔图编著，内蒙古文化出版社，2007年12月初版。

注　记

　　……当然　疼痛总是在的
　　任何时空　诗成之后才袭来的那种悲伤
　　一如那些细碎的波光　闪亮
　　从遥不可及的远方
　　总是会让我微微地恍惚回眸

——摘自《时光刺绣》一诗

　　在写诗的时候，虽然也会反复修改，但是，在"诗"与"我"之间，很少会有他者立足之地。这个"他者"，有时甚至会包括了我自己比较胆怯的阻止或者建议在内。

　　也就是说，写诗之时的那个自己，拥有一个特别执拗的灵魂，并不肯与平日生活里的那个席慕蓉同进退。

　　就譬如，平日里的我，过日子的态度比较松散，并没有一个行事历在旁按表操课。最多是在墙上的月历表面画些圈圈，提醒自己哪天要出门而已。

　　但是，令我惊讶的是——除非极少数的例外，只记了年份而已，原来我从年少时开始，在每一首诗写成的时候，就已经养成注记下年、月、日的习惯，仿佛是极为慎重的记号。

也因此，几十年的时光，就以诗后那一条精确的年、月、日的注记而留存了下来。有时候，甚至还有"深夜"或者"凌晨"这样更为确切的时段说明。多年之后的我，在翻读之时不禁莞尔，那个固执的人，我真是拿她没办法。

我一向是个散漫的人，可是，为什么住在我心里的那个她，却总是想要留下那些清清楚楚的时光注记呢？

空　间

　　　　像这样　我们终于发现了真相
　　　　原来空间的广大　才是
　　　　博物馆的精华
　　　　包括威严与瑰丽
　　　　都需要　一段表演和展示的距离
　　　　　　　　　　——摘自《光阴几行》一诗

　　公元2000年的时候，在上海博物馆，参观"内蒙古文物考古精品展"。

　　其中有一尊春秋时代的立兽口青铜豆，既古老又现代，美又独特！在长柱形的基座上，托着圆形的浅盘，浅盘的边沿铸有十一个身形相似的动物（不能指认是虎还是马），向着同一个方向，因而就构成了一个仿佛在浅盘的边沿不断行走的环状动态。灯光照下来，动物的身影投射到盘面上，会让我们觉得这尊青铜器皿好像是在舞台的正中央一样，除了它，其他的展品全都隐身不见了，真是光彩烂漫，魅力四射！我当下就拿起4B

铅笔画了一张速写。

后来，不记得是不是2003年了，和内蒙古博物院的护和去宁城，参观宁城博物馆。我都忘了有些什么展品，忽然想起在上海看过的那尊"立兽口青铜匜"，应该是1996年在宁城甸子乡小黑石沟出土的，不知道在不在这个博物馆里？我随口问了一下，没想到旁边的护和也就随手指了一下，说：

"不是就在这儿吗？"

在什么地方？我放眼四顾，好像还在想着寻找一处光芒四射的舞台，一处耀眼的展示。

但是，顺着护和手指的方向，我只看到一个摆满了东西，好像是储物柜那样的玻璃柜子，应该是分了上、中、下三层。我心中那独一无二的珍品就挤在中层的右边角落里，轮廓黯淡，无光无彩也无神。身形也明显小了许多，完全不是当年初见它时的模样了。

护和看到我惊诧的表情，他说："人家是在休息呢。你知道，没轮到去展览的，就差不多都是这个样子。"

当然，宝物仍是难得的宝物。不过，少了空间，少了舞台灯光，少了那一种奇妙的氛围来烘托，它好像就把自己封闭起来，真的是在休眠了。

追　思

克华：

在青海诗歌节上遇见 H，他说你原本也会来的。知道了你遭逢与父亲的离别，心中不禁为你感到伤痛。

回来后，读到你的《火葬》一诗，如匕首一般直刺我的胸怀，想到自己的父亲。

由于父亲是在德国波昂辞世，一个文化有一个文化的规矩。我向当地的殡仪馆询问，在父亲丧礼之后，火葬时亲人可否出席？竟被他们以不可思议的惊愕表情以及随后的极有礼貌的微笑拒绝。只告诉我，第二天的火葬会在午前 11 点钟进行。

第二天上午我必须去波昂市中心办事。从一间旅行社出来，再匆匆路过他们的公共汽车站的时候，忽然发现自己是和车站上竖立的圆形大钟正面相对，时钟的指针正好不偏不倚地指在 11 点正的位置，白底黑字的钟面如此清晰如此完整，仿佛是上天传给我的讯息，让我得以在拥挤的人世间，与父亲的形体默默告别。

在与父亲相聚的最后九年时间，我曾经许多次穿越过这一处露天的车站。在一排又一排候车的市民之间，寻找自己要搭乘的公交车所属的月台，却从来都对这座大钟视若无睹。

而在这最后的离别时刻，究竟是什么样的力量把我带到路边，再让我停下脚步，抬起头来，然后，终于开始与它遥相对望了呢？

是的，克华，我是想告诉你：你可以悲伤，但是也要相信，相信父亲对你的爱长在，永远不会离开。

祝福！

慕蓉于 2015 年 8 月 18 日

困　惑

今天，2015年12月24日的下午，在"故宫博物院"[1]二楼来回寻找那一匹枣骝马的我，可真是一个充满了困惑的人了。

是的，是圣诞前夕，我想送自己一件圣诞礼物，就是再去"故宫博物院"的二楼，再拜访一次那匹画中之马。

我得抓紧时间，因为，再有十天吧，这次的"神笔丹青——郎世宁来华三百年特展"就要撤展了。

它的毛色应该算是枣骝马。但是由于身上与腿部有白色的区块，所以被乾隆赐名为"雪点雕"。它被科尔沁的郡王进贡给宫里的那年是乾隆八年（公元1743年），画作完成也在同年。据说是乾隆希望画出十匹贡马几乎等身的相同尺寸，所以画幅巨大。

巨大的画幅挂在"故宫"特意改装过的展示柜里。第一次是和内蒙古的诗人恩克哈达一起来的，真是一见倾心。就坐在对面墙边的长条木凳上，久久凝视，轻声交谈，怎么也不舍得

---

[1] 此处指"台北故宫博物院"。——编者注

离开。

那年郎世宁是五十六岁，正是身心与眼力都在巅峰之时。马身的浑圆饱满，毛色的光泽变化，最厉害的是好像连马的内在情绪都微妙地呈现出来了。

恩克哈达说："我觉得它好像要对我说话，说它想家。"

2015年离1743年有272年，两百多年前的东蒙古科尔沁草原应该有多丰饶！恩克哈达说，草原上牧草种类可以到六百多种以上，有各种不同的营养。这匹"雪点雕"尾巴上的毛都长得又厚又长，真是得到了充分的牧草和细心的照料，才能如此完美。

这几年在"故宫"的商店里只看到它的印刷品，从没见过原画。而此刻真迹就在眼前，在巨大的画幅里，在故意留白的背景前，这匹"雪点雕"几乎是呼之欲出。

诗人回去之后，北京的一位蒙古朋友H，又陪我来看了一次，也是恋恋不舍地离开。

一直想再来的，今天终于有空，还给我找到了停车位，所以满怀欣喜地直奔二楼，"雪点雕"却不见了。

我没有记展览室的号码，只是跟着记忆里的方位走过去，看见的竟是一匹陌生的灰马。

当时的想法是走错了展场，应该是在相反的方向吧。于是，急急往另外一边走去。那转身的速度之快，不像是在看展览的人，而像是赶火车的人了。但是，另外一边是陶瓷展。那么，再来转巡一圈?

转了三圈,始终找不到我心心念念的"雪点雕"。一个困惑的人,用一颗困惑的心在辨认着自己此刻的处境。终于去询问了"故宫"的接待人员,才知道就是在同一处展示柜里,"雪点雕"已经撤下,如今展出的是"如意骢"。

当然,"如意骢"本身也有它特殊的身世,也值得细赏。

可是我的惊愕与沮丧让自己意识到,今天,在圣诞前夕,我的原意并不是来看画展的,我只是想来看一匹马。它站在巨大的画幅之中,向我传递了所有关于两三百年之前的草原讯息。它,不言不语,甚至连眼神也不与我接触,却如此真确地向我呈现出草原的往昔。

一匹多么完美多么寂寞的蒙古马啊!

在 戈 壁

在戈壁，层层的丘陵之外，夕阳正缓缓落下，而我们十几个人散坐在美景之前，竟不能说出一句完整的话来。

这本是多么奢侈的遇合！

十几位朋友之中，多的是可以笔下千言，一挥而就的才子才女。此刻同坐，一起观看从来没有见过的大银幕正在上演戈壁日落，怎么没有人说话？

怎么没有人能说出一句让我们可以好好记住的话语？

——摘自1991年7月旅途笔记

那是1991年的夏天。

在蒙古国南戈壁省的一隅，地势稍高之处，可以远眺，远眺直到天的尽头。

在一层又一层如波浪般起伏的绵长丘陵之外，浑圆的夕阳正在逐寸落下，满天金红橙黄的霞光也正逐分逐秒地变得黯淡；我们十几个从台湾结伴前来的文友，面对这一切，无人能发一语，不知如何是好。

终于，有人低声抱怨了一句：

"真可惜，没带相机。"

在他身后，那个带了相机的摄影家却突然笑了起来，接着说：

"没用的。放心，带了相机也拍不出今天这种夕阳的光。"

仿佛是为他的这句话作证明，横过天际的云朵突然都镶上了一层隐约的金边，然后又重新黯淡下去……

霞光完全消失的那一刻，浩瀚的砾石滩上一片灰茫。远方不用说了，就连近处的景物都失去了轮廓线，无法分辨层次，一片模糊。人与人之间好像是置身于没有距离感可测的幽冥世界，连记忆好像都被海水漂洗过了一样。

然后，慢慢地，一切又逐渐清晰起来。

是我们的眼睛开始适应了吗？三百六十度的外围，有些颜色又逐渐显现。夜空的蓝如此纯净，如此透明。一弯新月果真如钩，那钩尖是从来不曾见过的细长，锐利极了。是因为空气的洁净和天地的广阔吗？

从来不曾经验过的时刻。

原来，在美景之后，还有更摄人心魂的美景！

无垠的夜空之下，是无垠的漠野。在天与地之间，没有一丝杂质，没有一根多余的线条；今夜，唯一的主角，就是眼前这一弯纤细锐利的新月。

十几个人看着那一弯如钩的新月，完全不能动弹，只是保持着刚才的姿势,也没有人说话,就一直那样静静地坐着。

现在回想起来,那时的我们,唯一的念头唯一的想望,应该就是希望自己可以把眼前的一切静静地铭刻到深心之中,永不相忘吧。

日记一则

在早餐桌上读到《联副》[1]上沈志方的《砌进墙的家书》，开始还好，但是读到中段：

> 老家的人舍不得毁弃这远方游子生死不明的最后家书，遂将信砌在墙中。两岸解严后，父亲和老家取得联系，幺叔将封存四十多年的壁中信取出，寄来……

四十多年的茫无音讯，其间的所有苦难与变动在此不着一字。唯有家屋还在，最小的弟弟还在。那一封在二十六岁时写的五页长信还在，终于可以从墙中取出，寄回给原来那个写信的人……

我开始泪流不止。我想，越痛的事，越不能多写一个字吧？而那位父亲在孩子终于把这样的痛写出来时，已经离开这世间有三十年了。当孩子以猜测的语气写：

---

[1] 即台湾《联合报》副刊。——编者注

七十岁的父亲重读此信应痛哭吧?

他仍旧不肯再多加渲染,也不像我或许会写下在那时他父亲的父母应该早已不在了的等等多余的言语。就是一直到了最后,忽然提到一生严肃的父亲突然的温暖动作和温柔低沉的语气,也以极短的字句终篇。他写:

> 以为我仍熟睡,遂将我露在棉被外的脚塞回去,顺手捏捏足底:"我们家小弟长大了……"语气感性低沉,浑不似他,我似乎听见,但不敢醒。

"我似乎听见,但不敢醒。"是整篇文章的最后两句,但是这样简短的两句九个字,却有千钧重,痛击我心!遂使我做了自己很少做的事,想要写一篇读者投书给《联副》。

当然仍是手写,但写好之后大概才下午一点多左右,不好意思直接找主编宇文正,就打家中座机给《联合报》转副刊。一位年轻的编辑接了(听声音真是年轻啊!),我向她报上名字,说我想传一篇读后感过去,请问他们的传真机还是多年前的那个号码吗?我只是想确认一下而已,没想到她的回答让我认清现实,忍不住大笑了起来,她是说:

我们好像是有个传真机,但是不知道还能不能用了。

哎呀呀!席慕蓉啊!你家里的传真机是你儿子又给你新换的一台,是为了你可以在家中影印稿件,偶尔与少数几个机构通讯一下,你就以为这个世界处处都还在与你同步而行吗?

幸好幸好!凯儿也教会了我如何用手机来传简讯,事情就解决了。三百多字的读后感,终于传给了主编,由宇文正来看情形刊登了。

心愿已了,下午也就这样忙忙乱乱地过去。在新世纪里混着日子的我,惊险过关,也是要靠着朋友的善意相助啊!

周四 淡水 阴雨
2020 年 3 月 5 日

瞬　间

（一）

刚从香港转到台湾那年，我读初二，住在厦门街底。有一天和母亲去遥远的三张犁看房子。回程时三轮车经过和平东路一段的师范大学，母亲忽然侧过头来用很轻很轻的声音对我说：

"我希望你们姊妹将来都读这所大学，那该多好。"

我到今天都不明白母亲为什么把声音放得那么轻、那么低。是因为太过奢侈美好的愿望，就不能太张扬，不能让这个世界过早地听到吗？

那天天色已近傍晚，朴素庄严的大学就在道路的左侧，深灰色的校名浮雕在浅灰色的门廊高处，好像离我极为遥远，所以我也没敢应声。

后来我也学着母亲，一旦有了什么奢侈美好的愿望，如果真的希望它能实现，就只敢轻声地、低低地说出来……

（二）

大学三年级，在新北投的家里开始认真复习我刚学会的法文短句。老师说不要怕，最好大声地念出来，多念几次，就会比较顺。其实也就是第一课第一页的几句对话而已：

"这是什么？"

"是张椅子。"

"这是什么？"

"是支钢笔。"

爸妈就在隔壁房间，却忽然变得出奇地静默。我一面继续大声朗读，一面领会到他们两位可能正在抿着嘴偷笑，笑我那奇怪又生硬的发音吧。

我也想笑了，可是又有点生气。这可是我的前途我的理想哪！你们的女儿正在努力向着理想迈步，不要笑她了，好吗？

窗外的院子边上，流水的声音好像也变得安静了，好家伙，它也在偷笑吗？

我把书往桌上一抛，转身走进隔壁，果然，爸妈两人虽然都假装若无其事地看着我，可是，他们的脸色红润，眼神发亮，是刚刚笑过的样子，怎么也不能否认了……

时光荏苒，亲爱的父母早已先后离世，只有这个午后的瞬间，却常常会回来找我。

此刻的收获

（一）

我知道自己不够敏锐，在很多事情上，我都是那个"后知后觉"的人。这当然是缺点，也是在学习生涯上的遗憾。

可是为什么在此刻，在时光已垂垂老去的后段班里，我却忽然开始懂了？

我想要说的是，为什么生命中的许多启发等了这么久，现在才在已是七老八十的我的身上开始明晰地发生了作用？

这学习之乐，原来是在此时此地等待着我。而且因为是很迟很晚了之后才发生的，竟然让我产生了一种近乎"窃喜"的感觉。

必须声明的是：我依旧是个简单的人，并没有因为新得来的知识而变得复杂或者精明。并且这追求得来的知识不是用来改变我自己，也不是要去和他人比较甚至计较。不是的，它都是只为了自己的愉悦而已。

懂了之后，心中仿佛拥有一层又一层的难以言说的"窃喜"，这世界原来是这样丰富。这样百转千回，又这样因为无数的偶然而得以相遇相聚……

我喜欢这个时候的自己。

（二）

读到一首好诗时的狂喜感，一生都享用不尽，那真是令我感激又羡慕的才情啊！

不过，在羡慕别人之余，要怎么让自己的诗可以稍稍求得进步呢？我怎么也想不出一种可以按部就班走下去的直路。

诗，应该不是我说要训练就可以训练的吧？更绝对不是一个陌生人走过来出几个题目就可以让你进步的。可是又确实是有些关口、有些因素甚至是不明的元素漂浮在其中，怎么说呢？诗，究竟要如何定位？如何解释？

这么多年说不清楚的"什么"，反而是在昨天和慈儿在闲谈的时候，被她说出来了。她说：

诗，是它自己。

自幼修习钢琴的我的女儿，寒假回来探亲。我们聊到这个题目的时候她说了刚才那句话。注意到我的反应，于是，坐在我对面的她，再安安静静地又补充了几句：

"妈妈,我们在演奏的时候,能够很清楚地感觉到,如果演奏者弹得好的话,音乐本身的力量会穿透演奏者,由它自己以最纯粹的方式显现出来。诗也是,是它自己。"

昨天是 2019 年的 12 月 18 日,中午。我想记下这一刻。

第二章 朋友

在月光那样清澈明亮的故土之上,我与我的本我和初我相遇,于是明白了,那些一直都叠印在我生命里的梦想与意象的由来。

谢　函

志忠：

第一眼看到《英雄时代》[1]新书，高兴极了！封面极有气势！那么小的三十二开本的面积，凤刚却让它成为一处无限深远又深沉的空间，衬底的深蓝色，让整本书有了一种庄严的重量感，真是厉害！

今天终于可以坐下来细细读完全书，原本是很兴奋地要来写信给你，告诉出版者，这本书超出我的想望。我觉得自己写得还算可以，应该说是没有辜负圆神给我的帮助和支持。可是，却在读到最后的《大雾》那首诗的时候开始哭了起来，是一种大恸，哭得无法抑止⋯⋯

你知道吗？志忠，开始把这篇《大雾》放进《英雄时代》的附录时，我还有点犹疑，觉得有点"自我标榜"的意图。（如你所言，我总是在不停地审查自己。）而今天晚上，就在痛哭的时候，我才明白，这是我等待了多少年才得到的一本书。我

---

[1]《英雄时代》，席慕蓉著，2020年12月由台湾圆神出版社出版。——编者注

其实是以这本连书中的摄影都是去实地摄取的跋涉，来向我的"漂泊流离梦想成空"的双亲显示，他们这一个从小"生在汉地不识母语不知根源"的孩子，终于见到根源，走进根源，并且努力写出自己的根源了。

其实，在《七里香》这第一本诗集中就有八首与原乡有关的诗，可是没有站在那座高原大地之上，心中没有依恃。唯一的依恃来自父母。所以，在这第九本诗集中放进了《大雾》这首诗是必要的。我不需要再审查自己了，我是实实在在诚心诚意地用一生的想望写出了这一本《英雄时代》，而谢谢你，志忠，谢谢你给了我如此温暖的支持，让这本《英雄时代》以如此慎重的方式出版。谢谢你！！

慕蓉于 2020 年 12 月 4 日
凌晨 0：41

又及：

遇到周末，信没来得及寄出，刚好可以再说几句。

当然，在写《七里香》的时候，绝对不知道会有一本《英雄时代》。即使后来已经见到高原了，也不能预见自己可以走了这么多次。（奢侈啊！有许多地方甚至是一去再去到有六七次或者甚至七八次之多！）而拍下的相片，从负片、幻灯片到记忆卡到手机，累积到此刻，竟然刚好有几张可以放进诗集中作为贴切的插图，也不是从开始就拟定的计划！

所以，怎么回事？要怎么说？这当然是我一生和一心的想望，可是，如果没有一本再一本诗集的慢慢进展，没有圆神三十年来的支援和支持，没有你，是的，简志忠，没有你其实是隐藏着的关心和督促，我应该是不会得到这样一本《英雄时代》的。

在创作上，没有什么成绩是可以超前料想或者预知的。所以我在前面信中所写的"等待了多少年才得到的一本书"这句话不完全正确，需要补充。

"长期的等待"是可能的，但等待怎么样的一本书则是完全无法确定。如果不是这样的合作关系（是出版者不动声色的关心和督促），我不见得可以一直创作下去。我记得好几年前你曾经对我说过："我们可以很久都没有你的消息。不过我知道你在写。然后过了几年，你就会带着一本新书出现了。"

就是像这样的几年又几年，一本又一本地慢慢走过来，才让我没有离开深藏在心底，自幼就不自觉地想望着的这条正道，这条走进根源的大路。所以，圆神是以超过三十年的时间，以如此从容甚至是纵容的合作方式，让我得到《英雄时代》这本书的。

所以，《英雄时代》是从最早的那本《在那遥远的地方》开始，由作者和出版者合作，一步步慢慢成形，然后共同完成的，已经超过三十年了！

是从一步步的前行之中，我得以将回到原乡后的遇见和发现慢慢写出来并且得以发表得以成书。而在这本英雄叙事诗集之中得以向汉文世界的读者呈现许多从未在汉文的教育系统里提及的历史真相：譬如木华黎的后代千年的身世，譬如贺希格陶克陶老师所揭露的关于准噶尔汗国的可汗噶尔丹真正的陵寝是在阿尔泰深山之中，等等。如果不是圆神这么多年来给我的支持和鼓励，应该是不会有这样一本书出现的。

　　这本书对于我的重要性不在于文笔如何，或者构想如何，而是在于努力呈现了以蒙古人的角度所见所知的历史面貌，并且有幸遇见了一些历史真相！

　　如果没有圆神的支持，《英雄时代》不可能成书。我真的明白这样的合作有多难得，所以我才敢把这本书的特殊之处向你一一说明。（这和我从前的"谦虚"完全不一样了，是不是？）

　　是的，在这本书里没有"席慕蓉"这个个人的存在。她进入了自己的根源所属的群体之中，所以她不可以谦虚，不可以退缩，更不可以胆怯……

　　此刻，她要谢谢你，志忠，她相信你可以了解，在你的帮助之下，这个席慕蓉今天终于寻找到她长久所缺乏的自信心了。

　　谢谢你！！她要深深地向你道谢！！！

2020 年 12 月 6 日下午 4：23

一封直白的信

怀民：

10月17日晚间我有奇遇。原因当然是因为时间越过越快，杂事汹涌而至，我有些力不从心的恍惚和错乱造成的。

云门的朋友早早寄来17日的入场券，恍惚的我没仔细分辨，错认紧贴着的两张门票为一张！就放在书架上一处醒目的地方没再动它。一直到17号傍晚，宏仁的出租车已经到了家门口的时候，我才匆匆伸手取下来，然后才猛省不是每次都会寄两张的吗？

果然，稍加用力之后，一张入场券就在我手中变成两张！什么都来不及了！怀着惊惶愧疚的心情坐上出租车，报了地名之后忍不住就向前座的司机说出我的遭遇，我说多可惜白白浪费一张珍贵的入场券！现在要送给哪个朋友都来不及了。

宏仁是我们认识了多少年的车行，所以上车交谈是很自然的事，开始我只说出自己没头没脑的遗憾，司机也没认真答话，等我又说是云门的演出时，他忽然大声地对我说："哎呀！我知道，今天是林怀民退休前的告别演出啊！"

然后他就说他在宏仁的八里排班站时，最早就有同事告诉他，他有可能遇到林怀民。他又说，第一次载到你时，他问你："是不是林怀民？"你回答他说："不是！我是林怀民的哥哥。"

我想替你解释，我说你可能那天太累了，不想说话。这位司机却很愉快地告诉我，其实你们在初次的问答之后就开始了一场很热闹的交谈。他又说："当然，不是每次都能这样，有时候他在途中都接到不少电话要谈正事，我也不会打扰他。"

说到这里，我就问他了，问他今天有没有意愿去看云门，这张票可以送他。一开始他很兴奋，说："好！"但是接着忽然想到自己穿着的上衣还可以（一件长袖衬衫），但是下身是一条运动裤太没礼貌，恐怕不应该这样去戏剧院，还是算了吧。

我也知道不可以这样勉强他人，就说没关系，我会到现场问有没有人需要这张门票。然后我们就继续以你为主题再交谈下去。这时，车子已从我家的山腰开到淡水新市镇附近了，这位司机忽然问我："现在时间还来得及，你可不可以等我一下？我家就在附近，我回家去拿一条长裤下来，到台北再换，好吗？"

怎么会不好呢？我太高兴了！于是，他加速把车子开到他家大楼下的停车场，然后就跑走了。我没看到电梯在何处，也不知他家住几楼，但他再奔跑回来时只稍稍有一点喘。我已知他也姓林，于是问他有几岁了。他说："四十七。"

所以，一切妥当，我们去台北的路上就让我更多知道一些云门给这位宏仁的司机的感动。他说云门会在演出前先送几十张入场券给宏仁,为谢谢宏仁给云门的照顾。然后他又说,有次载到一位远从台中还是彰化来的女子来看当晚云门的演出。这位司机林先生心里就想,人家可以远路迢迢都跑来看云门,我住得这么近,为什么不去呢?于是,第二天就自己买票进去观赏了。

还有一次载些年轻人去淡水的云门,路上交谈时,林先生说他等一下把车停好也会进去。年轻的乘客不怎么相信他。所以后来在里面看见他时非常高兴。

车子抵达戏剧院时,他先放我下车,本来就准备进入停车场的,但是后来他告诉我近处的停车场已满。幸好他熟悉附近环境,于是停去另外一处,但那里规定晚上十点会关闭,他想应该来得及。

所以,一位穿着整齐的男士就坐在我旁边观赏了整场的演出,中间有时还交换心得。到演出完毕开始讨论的时候已接近9:40,这位林先生于是先离场去牵车。原本他交代我可以放心听完讨论再去找他,他会在我先前下车的地方等我一起回淡水,多晚也没关系。

但是,我坐在场内,发现自己不像上次那样可以清楚聆听了。应该不是主持人声音小,而是我的听觉在一年年地退化。想一想,还是走吧。省得让那位林先生久等,只好向台上的林先生说抱歉了。

怀民,说了这么多是有原因的。在来看这场演出的前几天,我一直想着齐邦媛老师所说的"做了"和"没有做"的分别。在云门身上是这么明显！而一切的开始只缘于你一个人。

是的，原先的我，只想到是你一个人的"做了"（而不是"没有做"），才能让这个世界认识了台湾的舞蹈，以及其中所蕴含的无穷的力量。

可是，经由这个晚上的奇遇，让我发现云门以台湾为主题向世界展现的这个"做了"之外，你还有更温暖和更积极的向这个社会铺展开来的"做了"。而这样的可以称之为"全民教育"的铺展，有多深，有多厚，又有多久啊！

"全民教育"这个名词用在这个地方有点冷硬，或许应该有更好的说法来形容云门的影响，我一时找不到。也许早已有很多人知道你对这个岛屿内在的影响，我知道的不够全面也不够深入。不过，这个晚上对我的触动非说出来不可，尤其是要说给你听。

请别误会，我虽然用的是稿纸（因为写惯了），但不是要去投稿，我只想写给你，写给你一封直白的信，直陈我的惊叹和感动。

你知道吗？在回程的车上，林先生的感动也是看得见的，他很兴奋地和我交换观赏心得（他不真正认识我，载过我一两次，知道我有时去演讲，是个退休的老师）。我们都特别喜欢《秋水》和《乘法》。（在当晚我有点生《12》的气，我觉得编舞者有点太傲慢。除了特别喜欢每个退场者最后站起来在光线的分层中消失所带来的难以形容的美感之外，我其实还希望他能给我们更多，所以结束时真的有点生气。）不过后来我想或者这就是他要给我们的"无奈"？谁能向一生要求更多呢？

你的《秋水》是安静的移动，或是挪移？挪与移？绝美的无奈！送君千里，终须一别的无奈？（对不起，夜深了，越写越乱。）整个人生都必须面对的无奈的绝美。（还是应该说是绝美的无奈？）因而，挪与移以繁复的层叠不断显现又隐没，几乎无止无尽，而我们对一生的要求也再不可能更多了。

《乘法》以光影取胜。我甚至认为静立不动时比舞者的动态更诱人。是我误读吗？整场演出的三个主题其实都是在展现生命的流动，在静谧的时光背后那从不肯停歇的流动。我们还能向这一生要求什么？

谢谢云门，谢谢林怀民，谢谢陶冶，谢谢郑宗龙，谢谢所有的舞者。

夜深了，就写到此。怀民，请接受我真心诚意但是极其紊乱的告白。

慕蓉于 2019 年 10 月 29 日午夜前

注：这封信留了底稿，原先真的只是写给林怀民的一封信。两年多之后再看，觉得发表也还是可以的。

给向阳的信

向阳：

一直觉得，我还欠你一次深深的致谢。

十号的下午，听到你说你偏爱去探索边缘甚至边陲的世界里，诗人如何发言，我心中百感交集。真的，就在眼前的世界已经极度忙迫和拥挤了，一般的人实在没有力也没有心再往更远处去寻索，只有心怀侠情的诗人，才可能勉力而为之。

你做到了，我却远远不及。

我之所以想要为内蒙古发言，只是我的私心，因为草原是我族人的原乡。若是没有血脉上的牵系，我会关心吗？

我相信我恐怕不会像此刻这样投入的。

这就是我与你大大不同之处了。所以，心中其实很有几分惭愧的。

谢谢你给我这自省的机会。

所以我其实不能指责他人的冷漠，因为让我去写这样的诗只是缘于命运的安排使然，并非如你那样百般去寻索的侠情。

因此，要如何再去面对自己，便是此刻要多多反省的功课了。

我觉得蒙古高原于我，是一个每时每刻都在翻新的功课。

二十多年前（1989年），四十多岁，以为为时已晚，其实现在才知那时多么年轻力壮。舟车跋涉，丝毫不以为苦，说去新疆就去新疆，说去西伯利亚就去西伯利亚，一次行程可以超过四十天，回到台湾，或许休息半个月或者一个月，就又可以重新上路。

现在，如我在十号的晚餐桌上所言，一次最多只能停留两个星期，就要回来了。去年夏天重回大兴安岭，秋天再访阿拉善戈壁，每次也只能停留十几天左右。看见的事物再强烈，笔记本上也只能匆匆留下一些短短的线索，想着回到台湾再好好地写出来，可是至今也还没有动笔。

当然，我不是在诉苦，我只是警觉着理想与现实的差异已极为显著，要如何去慢慢调整自己的步伐，是种考验。

《台湾诗选》给我的鼓励是很大的，也是我此刻极为感谢的。但是好像总是说不出比较精确的感言来。

或许，可以这样说吗？

我们此刻生活在台湾，对"文学"来说应该是个非常好的世界。

就譬如我与你，以及萧萧、白灵、义芝和焦桐四位，我们真的可以说是超过三十年的文友，平日好像并无太多交集，但是各人在文学上的发展，却是一直都在注意着与关心着的，又可以说是"知之甚深"了。

如方梓在十日晚上所说的，真可以说是君子之交了。其淡如水而其内含却纯净若此，我真为这样的友情而欢欣庆幸。

或许，这才是我最大的收获！

你看，相交超过三十年，今天晚上我才敢写出这样一封信来，也是这两天在反复思索才理出来的头绪。

当然，你或许不是因为这样的"友情"把诗奖颁给我的，可是，我却因为发现了如此可贵的交往而想要欢呼"友情万岁"！

信写得太乱了。夜已深，明天早上如果还有勇气，我就会寄出。鲁莽之处，要请你多多原谅了。

祝福，问候方梓。

慕蓉于 2014 年 3 月 13 日

礼 物

分离

白·呼和牧奇（1959—2018）

你的眼睛
把我劈成两半

一半朝黎明走去
一半朝黄昏走去
你站在两者中间
喊
谁都听不懂的诗句
但我耳若无闻
走去

向自己的时刻
或

向自己的故事

走去

不要责备

请你为我祈祷

遥

迢

路

途

人生只有两条

我向两头义无反顾地

走去

这是哲里木盟达尔罕旗的诗人白·呼和牧奇多年前的诗，被我选在内蒙古现代诗选《远处的星光》中。

他的诗有一种隐隐的桀骜不驯之气。我那时没能见到他，只听说他的蒙文以及汉文都极好。所以在这本1990年出版的诗选中，有许多其他人的诗，都是由他译成汉文发表的。他本人曾在《鸿嘎鲁》文艺月刊任编辑。

一直到2016还是2017年我已记不清楚了，我终于与他见了面。

是在内蒙古人民出版社社长吉日木图先生召开的会议上，为了讨论我的几本书译成蒙文的事。《蒙文课》和《追寻梦土》

两书的版权已属内蒙古人民出版社，所以直接出汉文版本，而蒙文版由我认识已久的沙·莫日根女士翻译。另外有一本蒙文诗选《在诗的深处》由宝音贺希格先生和朵日娜女士两人合作翻译。他们也是我多年的好友。

《写给海日汗的 21 封信》汉文版权仍属作家出版社，蒙文版权则归内蒙古人民出版社，他们慎重邀请白·呼和牧奇先生翻译。

我知道之后非常高兴，怀着兴奋的心情前来。心仪已久的诗人终于出现在我面前，他给我的印象是极为严肃，不苟言笑，穿着非常整齐，五官瘦削而端正，像是一位欧洲的贵族般坐在位置上。甚至可以说是没有和我交谈，沉默地直到终场。

散会之后，他才过来和我握手道别，只说了一句话："我会认真地翻译这本书。"

我向他鞠躬道谢，匆忙中也没向他说出我对他的诗的喜欢以及更多的感觉，没想到这就是最后一次的机会了。

是的，这是我和他唯一的一次会面。

《写给海日汗的 21 封信》译完没有多久，就传来他病逝的讯息。

他遵守诺言，认真地把全书译完。

而我竟然无法向他道谢。

然后，我想到，常有人说"翻译"是一种再创作。那么，《写给海日汗的 21 封信》是我断断续续写了六年的一本书，给内蒙古的年轻孩子,诉说我远在天涯的心声。

那么,白·呼和牧奇先生在翻译的时候,一定也感应到了。他用他的笔重新再写一次,把我的心意更加透彻地说了出来,有什么比这样的合作再好的机缘呢?

我此后要做的,就是多去搜集他的作品,好好地去了解他吧。白·呼和牧奇先生留下了许多诗作,只要是用汉文写的,或者翻译成汉文的,就都是给我的礼物了。

尔雅时光

记得和晓风、爱亚我们三个人合出了一本《三弦》的那年，是1983年的夏天，尔雅出版社才刚过了七岁生日，怎么一转眼，就要准备庆祝四十岁了？

时间当然是驰走如飞。不过，真正定下心来回看与尔雅共度的几十年时光，感觉却不大一样。

是不是因为这些过往岁月都和书本以及文字有着关联，我有时是读者，有时是作者，时间在这里，就变得比较缓慢、绵密而且温暖了？因为可以一再地翻读，一再地回顾？

从第一本王鼎钧的《开放的人生》，第二本琦君的《三更有梦书当枕》，一直到现在，尔雅的书架上总是不断有好书出现，可说是水平极为稳定的出版社。

不过，作为出版人，隐地其实还有许多很特别的构想，譬如想要为作家们留下影像，还出了两册专集。

第一册的《作家的影像》，摄影家是徐宏义。光是看封面上诗人余光中的影像就觉得气势不凡。许多位作家曾经那样年轻，可是，他们的手势、他们的眼神，在多年后的今日也不曾改变。

这是一册文学气息非常浓烈的摄影集，是不是就因为这"不改变"的特质？（更何况还有摄影者本身的诗意取舍。）

至于第二册的《风采一周相露摄影集》，也有许多精彩的作品，可说是为台湾近现代的文学史留下了珍贵资料。而听说当时还有好几位作家都不想参加，有人觉得没必要，有人说年纪大了，拍起来不会好看。但是，如今回看书中第74页的艾雯、111页的孙如陵、114—115页的魏子云、124—125页的苏雪林、150页的何凡、162页的潘人木、171页的张秀亚、187页的杏林子，尤其是195页的马各，如此传神的相片如今要去何处寻找？虽说是"沙龙照"，但是老作家的风采完全是自然显现，摄影家与老作家都太厉害了！

另外，尔雅出版的"日记系列"，在台湾应该也是创举。

由隐地自己开始，从2002年一直写到了2010年，还有郭强生、亮轩、刘森尧、席慕蓉、陈芳明、凌性杰、柯庆明和陈育虹，九个人联手接力写了九年，一年一本，每本大约三十万字。现在看来，也是个不算小，而且很有耐心的文学工程了。

当时尔雅对作者只提两个要求，一是希望每天都要记，哪怕只有一句话也行。二是规定总字数不得超过三十万字。

九本日记陆续出版之后，有许多不同的评语。不过，既是时间的记录，真正最重要的评论者应该就是时间本身了。

我在《2006席慕蓉》这本书一开始就写了这样一段话："一本在开始之前就知道会发表的日记，应该不可能是一本真正的日记。可是，以这样的名义来逐日记录的写作方式，对所有爱惜羽毛的写作者来说，也不可能是一本假造的日记。顶多，我们可以说，这是一本经过挑选之后才公开的日记吧。"

和久久才会写一篇散文的那种心情不一样，2006那一年，每天迎上前来的讯息就算加以挑选，也还是要匆匆记下，没有时间来让自己再加琢磨。写了半年，先出了一本，我把这从一月到六月的日记寄给晓风看，附言说"献上我平淡的生活"。晓风的回答是："我略为翻了一下，大概也只能这样了，因为它应该只是一本速写簿，如果想深入描绘，恐怕要另外去写一篇散文，另外去画一张油画才行。"

她说的完全正确。2007年，我的一整本日记出版之后，怎么看都只能算是刚过去的这一年里自己周遭的简要记录而已，乏善可陈。

奇怪的是，过了几年（仅仅是过了几年而已），有一次重新打开来看，读了几段之后，就觉得有些什么和当年刚出版时的感觉不大一样了。时间，是时间形成文学上那种不可或缺的"距离"，相信这应该也是属于美感的必要距离吧。此刻，在"已不可复得"的绝对前提下，即使是那样平淡的日常生活，也已经被敷上了一层沧桑光影，隐约间有些令人恍惚追怀的姿态了。

这有点像是我在绘画上常会遇到的情况。在野外写生之时，由于时间和画材的限制，匆匆画下的花朵或是风景，总觉得不满意。可是，隔了五年或者十年之后，从画夹里无意间翻到的这张画稿，其实已经把握到一些神韵了。只是因为在当时的生命现场，我无论如何下笔，都会觉得有心无力，乏善可陈。但是，那真切的心意，其实还是会留在笔触里，留在画纸上的。

我于是想到，另外几位日记的作者，他们的生活绝对比我的要更为丰富，他们的所思所想绝对比我的要更有深度；所以，试想一下，如果时间的距离更长，就是说，如果是在五十年之后呢？

如果在五十年之后，有读者拿到这十本日记（是的，要再加上《2012隐地》这一本），从十个三百六十五天里的生命现场，去探索作者们当时当日的周遭世界。九个人，十本日记，不就几乎是一个完整的文学时代？不就能真实呈现那个"已不可复得"的世界里，对五十年后的读者来说是颇为珍贵的线索了吗？

当然，在尔雅书架上的每一本书，都是给此刻以及将来的读者最好的礼物。只不过，这十本日记，应该算是额外订制的现场书写。我想向隐地建议，要不要给这个系列的十本书取一个名字就叫作"尔雅时光"？

毕竟，这是出于你的预见、你的构想。

红 玉 米

……
就是那种红玉米
挂着，久久地
在屋檐底下，
宣统那年的风吹着

你们永不懂得
那样的红玉米
它挂在那儿的姿态
和它的颜色
我底南方出生的女儿也不懂得
……

2015年5月23日那天，和蒋勋一起，在淡水的云门舞集举办的"云门讲座——哈里路亚·坏人万岁"朗诵瘂弦的作品。到了上面那一句我就是过不去，哽咽到难以发声。

（当然，我这个生在南方的女儿从前也不能懂得我父亲的草原的姿态、颜色和香气啊！）

后来有一日接到痖弦老师的越洋电话。记得，那是在我书房微暗的窗前。越过广袤的大洋传过来的声音，竟如此亲近亲切。

痖弦老师在电话里是带着笑意说的：

"好的诗人一定是温暖的。你看，杜甫多温暖啊……"

白发的诗人早已停笔。不过，他说：

"我到今天还是在跟诗过着日子……"

是啊！谁能禁止我们与诗亲近呢？

写或者不写，读或者不读，是诗人或者不是诗人，谁也妨碍不到诗的本身。

叶嘉莹先生有言：

"诗中的字词，往往出现在诗人自己以为的'拣选'之前。"

所以，是"谁"拣选了"谁"好像还没有办法下个定论呢。

今天又去读了那本洪范出版的封面是大红色的《痖弦诗集》（是红玉米的颜色吗？）。

齐老师的评语说："痖弦有一些特质是别人没有的。我还要尊敬他。"

令人尊敬的诗人也更令人想念，我应该写信给痖弦老师了。

永世的渴慕

——写给其楣

其楣：

今天是秋分。

时令真是奇妙，前几天还觉得暑热逼人，可是，从昨天开始，那凉爽的空气就从四面八方的树梢间施施然降下。果然，中秋都快到了。今年我们会在家里过，你呢？

想给你写这封信已经很久了，因为，有些事情不舍得用电话来说。在这封信里，我想告诉你的是有关去年中秋的一些细节。

去年，和 S 与 M 两位朋友从台湾奔赴我母亲的家乡。中秋夜，正好在山林之间，当地的朋友开了一辆车要带我们去山顶高处赏月。

我们的车子在山林间穿行了好一阵子，那夜的月光，果真是异乎寻常地清澈与明亮，好像把整座山林的树影都清清楚楚地刻印在地面上了。

就在我们眼前，在山路上，那枝丫的光影横斜，铺在路面上，黑白分明，清晰一如白昼。不过，在稍远的林木深处，反差逐渐变弱，有一些轻微的雾气，正以均匀的细点，点出若隐若现的层次，景物迷离，逐渐淡出。

在我身后一直静默着的S忽然惊呼：

"老师，这不就是你画的那些素描吗？"

果真是如此！

怪不得刚才一直觉得有些眼熟，好像那些光影缓缓变幻之处似曾相识。原来，眼前迂回的山路，在月光下，就像是一幅又一幅我曾经放进诗集里的插图。

其楣，有可能吗？我在那一刻所面对的，竟然是多年之前，在长夜的灯下，曾经一笔一笔细细描绘出来的梦中山林！

这样的相遇，已经够令人惊诧了，而年少时所写的诗句，也有可能是一则预言吗？

1959年的春天，年少的我曾经写下：

……回去了　穿过那松林

林中有模糊的鹿影

有这种可能吗？其楣，十几岁时在我的心中偶然茁生的意象，在这一个月圆的夜里，在北方的大地上，竟然成真？

而我是真的回来了，回到先祖的故土。

就在那一刻，当我们的车子穿行在北方的山林之间时，有鹿就睡卧在山路旁。

是的，其楣，有鹿就静静睡卧在山路旁，听闻到车声才从容站起，就在我们眼前优雅地一转身，缓缓走入林中。那在顶上高高耸立的分岔的鹿角，那细柔的脖颈，那圆润厚实的身躯，是多么美丽的身影啊！

在那一刻，车中的我们几乎每个人都想大声呼叫赞叹，却又都不敢发出声音来，只怕稍一动作，就会惊扰了眼前的一切。

是的，良夜如此美好，任何的闯入者都会自觉不安而必须噤声慢行。因为，仔细望进去，在林间，还有些模糊的鹿影，这里那里，或坐或立，姿态虽然各异，面孔却都是朝着我们这个方向，从暗处向我们张望，一时之间不能决定究竟要不要逃离。于是，在这极为短促的瞬间，反而都静止不动。

灰色的轻雾像一层层细密均匀的纱幕，在林木深处将远远近近的树干分隔成深深浅浅的层次，而在这些迷蒙的背景之前，再用稍重的深灰和青蓝，叠印上一丛又一丛宛如岔生的枝丫般的鹿角，鹿角之下，是更深暗些的头与脖颈，连接着极暗沉的与剪影相似的身躯，在微呈锈红的灌木丛间，或坐或立，端然不动。

这是任何画笔都难以呈现的绝美！

其楣，我亲爱的朋友，在绝美的当下，我们是不是都一样，纵使狂喜也难掩那胸怀中隐隐的疼痛？

其楣，多希望那天夜里你也能在我身旁。你是知道我的，知道我许许多多的弱点与痛处。你也知道那一块北方的大地，你与我的足迹曾经踏察过多么广阔的草原、森林、漠野与戈壁。

你应该也会同意，我在那一个月夜里所见到的画面，几千年来，在北方的土地上，一定也有许多人亲眼见过，并且和我有着相同的强烈的感受。

只因为，绝美的事物总是使人一见倾心，并且，在狂喜中又感受到此生将难以相忘的怅惘和痛楚。

果然，在流动的时光中，我们会一再地证实那品质的无可替代。于是，到了最后，那念念不忘的美好，终于沁入肌肤，渗进血脉，乃至于成为整个族群生命中永不消失的渴慕了。

创作的欲望也由此生成。

其楣，原来，这就是为什么在北方、在整个阿尔泰语系文化所衍生出来的艺术品里，会不断出现鹿的身影的原因了。

你看！从东到西，从蒙古高原到黑海北岸，在这片广大的空间里，在几万几千年的时光之中，有多少多少爱慕的心灵，渴望能够在他们的作品里呈现出这绝美的身影！

从不可移动的巨大岩画到随身佩戴的细小饰牌，从玉石、青铜、金、银、珊瑚、桦木、皮革到柔软的缂丝，在如此多样的材质间，总会不时出现一位工匠或者艺术家，用他那一颗热切的心，向这世界描摹出林间的鹿影，还有那些岔生的如枝丫般分歧的高高耸立的鹿角。

其楣，我想你应该也同意，这一切一切的起源，想必也是来自如我那夜在山林间的一场相遇吧。

在月光那样清澈明亮的故土之上，我与我的本我和初我相遇，于是明白了，那些一直都叠印在我生命里的梦想与意象的由来。

今天晚上，在给你写这封信的同时，其楣，我想我也领会那两个最早最早的名字的意义。想必是因为我的族人都认定，那"勇猛、智慧、团结"和"美丽、优雅、从容"都是绝对无法替代的美好品质了吧。

因此，在我们蒙古的史书上，追溯成吉思可汗先世之时，就特别注记下：那最初最初的男子名叫苍狼，而那最初最初的女子，名叫美鹿。

我深深地相信，这就是一个族群内心永世的渴慕。

其楣，你同意吗？

夜已深了，祝你一切平安。

慕蓉于 2004 年 9 月 23 日

生活·在他方

——写给晓风

晓风：

近日可好？

我又来找你麻烦了。

你在给鲍尔吉·原野的散文集《寻找原野》（九歌版）的序中，曾经提到过现在的我，对于朋友们来说是个麻烦。

你说，我原来只是个模模糊糊的蒙古人（因此，在这个主题上一向比较安静？），想不到，自从在1989年夏天终于见到草原之后，从此，说起蒙古来简直是没完没了，所以……

"……作为朋友，你必须忍受她的蒙古，或者，享受她的蒙古。"

晓风，你可知道，现在麻烦更是越来越大了！

怎么办呢？

还有许许多多想要说出来的蒙古，或者因为这个主题而引申出来的碰撞和反省，还放在我的心里，一直找不到机会现身哩！

带着幻灯片或是光盘去演讲，总是觉得时间不够，一个钟头当然太短，两三个钟头也很勉强，心里是真的着急，可是，总不能一直强占着讲台不让听众回家吧？

于是，只好忍痛割爱，东切西斩的演讲完毕，心里非常懊恼，不知道该如何善后。

前一阵子，是不是"相对论"的百年纪念？反正大家一齐谈论爱因斯坦。我这个被公认为"数学白痴"的门外人，东翻翻西瞧瞧，竟然被我在众多的报道里看见了一则从相对论里衍生出来的说法，刚好可以解我的难题。

物理学家是这么推测的，如果我们称呼自身存在的这个宇宙是"正宇宙"的话，那么，在某一处我们目前还不能测知的所在，一定还存在着一个"反宇宙"。在那里，许许多多的现象和规则，都与我们的世界相反。

生活，在那不可知的他方，一切可能都与我们相对、相应并且恰恰相反！

物理学家说，但是，对于置身在那个被我们视为"反宇宙"的世界里的生命——他们当然是认为自己才是正方，而他们的科学家在解说的时候，也必然会把我们的存在，视为"反宇宙"的。

无论谁正谁反，物理学家又说，当这两个宇宙终于相遇之时，就会互相碰撞，然后所有的质量都会在碰撞的时候消失，又在那消失的瞬间全部转成能量。

目前，科学家们已经找到了好几种"粒子"的"反粒子"，虽然还不能证明那个巨大的"反宇宙"的存在，但是，我们确实都已经见到，当带着负电的"电子"与它的反粒子"正子"相遇之时，两方的质量都会在碰撞之际消失而成为光。

晓风，这是多么美丽和惊人的现象！

你觉得我可以把它挪用到演讲里来吗？

如果，我能把"偏见"比喻为我们坚持只有自己才是正方的本位主义所引起的话，那么，当两种极为不同的文化正面相遇的时候，必然会产生碰撞。从前的我，对碰撞总是含有一种消极的想法，可是，现在的我，却希望这碰撞里消失的是彼此之间的偏见，"了解"从而也许会成为一种沟通的能量……

晓风，我知道我说的有点牵强。

可是，最近这几年来，面对听众的时候，我慢慢察觉到我的急切我的混乱，其实有很大一部分的原因是因为农耕民族的文化长久以来习惯把游牧民族的文化置于"反方"。

因此，当我要说出我所见到的蒙古之时，我总害怕横置于我们之间的那一道厚厚的墙，总要一次再次地反复解释，这样一来，时间当然就更不够用了。

所以，不如在演讲一开始的时候，先举出几个明显的例子来让所谓"正"与"反"的观念互相碰撞，等到大家都释然之后，谁正谁反也就无所谓了吧？

晓风，我想这样试试，你觉得如何？

第一个例子，说的是"家"。

最近，读到阮庆岳先生所写的一篇评介文章，题目是"城市·游牧·谣言"。在里面有一段，刚好他用了非常明确的字句，指出深藏在一般人心中的"正"与"反"：

"……二十一世纪的现代城市，其实也同样有着在安稳固守（"家"的观念），与游牧移动（"无家"的观念）间两难的矛盾姿态。"

这就是从小深植在每一个人心中的概念，游牧几乎就等于流浪。

这就是农耕文化对游牧文化的偏见——如果没有一个可以安稳固守的家，就是无家。

我当然明白阮先生的文章丝毫没有歧视游牧文化的意思，在他坦荡的心中也必定不存丝毫偏见，只是借用"游牧"这两个字来阐释一下所谓"无家"的观念而已。

可是，谁能说游牧民族是无家的人？

谁能说"家"只限定于由木头砖瓦或者钢筋水泥筑成的居室才是唯一的定义？

游牧民族当然有家，也有房舍，只是我们的房舍是可以按着季节或者水草的需要而随时移动的居室。

在汉文里，称呼这移动的居室，从"穹庐""毡帐""毡房"一直到近代的俗称"蒙古包"。不过，对于蒙古人来说，它的发音译成汉字近似"格日"，而它的字义，译成汉文只有一个字，就是"家"。

是的，这就是游牧民族几千年来所居住的家，可以防寒避热，可以修饰美化，可以显示出主人的身份财富与品味，并且，可以一次再次拆迁搬运又重新搭建。

在游牧民族的文学作品里，它也是一个温暖的主题。因为，和世界上所有的"家"所代表的意义完全一样，这个居室是贮存着一个家庭多年累积的悲欢记忆的所在，是每一个人回望童年时的金色梦境，也是游子心中不断出现的美好向往。

唯一的差别，只是"可以移动"而已。

所以，如果你愿意认同移动的家和不能移动的家都是"家"的话，那么，我们就都站在"正"方了。

然后，你就会发现，生活在他方，也依然是生活。

所以，从"家"这个小小单位发展出去，你更会发现许多你必须相信的事实，是的，在蒙古高原之上，还曾经有过可以移动的"村落"（其实我们习惯的称呼是"部落"）和可以移动的"城市"哩！

晓风，我知道，我知道，关于"家"的解释，好像越说越远，非得马上停止不可，否则，就会像叶嘉莹老师所说的："这个人不知道又'跑野马'跑到什么地方去了！"

先在此暂停，谢谢你的耐心。

谢谢你，亲爱的朋友。

慕蓉写于 2005 年 6 月初

第三章

珍贵的教诲

那一条河流仿佛是记忆的根源，如果河流还在，那么，旧日的城池或许应该也还在，而在天涯游子心中谨记了多少年的种种线索就终于能够有所依附了罢。

日升日落·最后的书房

——敬写齐邦媛先生

(一)

月在中天,皎洁澄明。

久已不见如此广阔的天空、如此清朗的月光了。此刻,整理得非常清爽的山中庭园只有她一个人,可以安静地坐在树下的长椅上,抬头向月,久久凝望。

是中秋刚过的一日,旧历八月十六日。

昨夜在这里举行的佳节晚会想必很热闹,但是她婉拒了院方的热情邀约,闭门不出。却选择在隔天的夜里,孤身一人,坐在这暗黑又寂静的庭园里,与一轮满月遥相对望。

这个春天,以八十一岁之龄住进了桃园乡间的"养生文化村",是她自己的决定。孩子们虽然心中不舍,也难以理解,但最后还是尊重母亲自己的选择。

而在这天晚上,算好了时间出门,她是有意地等待着一轮明月现身。

初升的满月色泽温润,在山坡前的疏林中若隐若现。越升越高之后，那清辉泻地，将草木的影子泼洒在无人的山径上，一笔一笔极为清晰。

白发皤然的她，久久独坐于如水的月光里，恍如生命里的谜题。谁人能够知道她的所思所想？

谁人能够知道，和一般的答案完全相反，这个晚上，在月光里的她，心怀间竟然是无比的愉悦，不带一丝悲愁。只觉得穹苍上那一轮皓月，仿佛就是生命给她的一道昭示："现在，就是现在！不就正是一个全新的开始！"

多好啊！长久企盼着的那个时刻终于来了，现在，还等什么呢？

该做的工作都做了，该尽的责任也都尽了。人生至此，已一无担负，一无亏欠，长久所盼望的自由和独立如今都来到眼前，终于可以全心全意地去实现自己的愿望了。

就像她回答那位陌生人的问话，那天，好心的出租车司机在荒凉的工地现场问她：

"你为什么不在儿子家住下去，要住到这种地方来呢？"

她的回答是：

"我今年八十岁，我还有自己的生活要过。"

对于那一位好心的司机，甚至可以是对所有的陌生人来说，她给出的是一个无解的答案。

在世俗的观念里，"我今年八十岁"和"我还有自己的生活要过"这两句话，是极为矛盾的组合。都已经八十岁了，还要怎么去过自己的生活？

还有，还有，对一个女子来说，什么又叫作"自己的生活"？从长久以前到现在，有过这种"生活"吗？

其实，是可以有的。

（二）

在她身旁这幢建筑里，有一套堪称舒适的居所供她享用。虽然半生的藏书都捐给学校了，仍然还有些不舍得离身的书本随着她搬了进来，摆在书架上。书桌摆在房间正中，有一边是靠墙，桌上是慧心又体贴的媳妇特别去为她选购的台灯，有着米白色的雅致纱罩，纸笔也都准备好了。

其实，她这一生都在提笔书写，从来没有停止过。为教学，为翻译，为人写评介，为书写评论、写序……日复以夜，在灯下，她的笔耕让多少年轻的学子成长、受益，又让多少台湾作家的作品得以为这个世界所认识和赏识。

这个晚上，从月光照耀的山中庭园回到自己居所的楼层，出了电梯，走过长廊，开了房门之后，她就直接走到书桌前坐了下来。

把台灯捻亮，把纸和笔拿了出来，心想，这该是自己这一生中最后的一间书房了吧？

2005年旧历八月十六日的夜晚，她，台湾大学外文系名誉教授齐邦媛先生，在这间自己命名的"最后的书房"里，又一次提起了笔，灯下的书写，却是在台湾这几十年的岁月里，第一次为了自己。

不过，这书写，也不能说只是为了自己，应该是为了曾经包含自己在其中的一切。

是为了要写出那个曾经包含自己在其中的无邪愉悦震惊挫败悲伤愤怒牺牲勇气以及无数不屈不挠的灵魂所支撑起来的那个时代。

是的，这是她此生唯一渴求自己务必要实现的愿望。

多少个日夜，多少个悚然惊起的时刻，它，就在冰冻、透明的意义里，凝固着。

是的，什么都没有消失没有改变，历历在目，纤毫毕现，凝结于永恒的召唤之间。那召唤，既深且痛，是火与冰的极端，沉重尖锐又复迫切，不停地质问：

"什么时候？""什么时候开始写？"

"你可还记得？""还记得吗？"

她怎么可能忘记？那是一整个时代的浩劫，是她被切断被夺取被撕裂被焚烧殆尽永不重回的昨日，却也是她在记忆中永世珍藏从未离去冰清玉洁任何人都不能篡窃分毫的华年。

书写，她或许可以随时开始，但最大的困难就是，这个主题一旦开始就不能任意停止，因为，它，是绝不容分隔甚至分割的生命整体，是波涛汹涌奔流不息的巨流河。

（三）

"安床、入梦，度过了终点的首夜。"

2005年3月17日的日记，她一心要过的"自己的生活"开始了。

谁人能料想到，一如那圣咏上的句子："赶快工作，夜来临，夜临工当成。"一年之后，2006年2月17日的日记一开始是这样写的：

> 湿漉漉的天和地，正常的老人难以存活。我如今不太正常，似是着了魔，为写下回忆热切地忙着，只想着文字的存活，反而来不及去想自身的存活。

2007年8月30日：

> 写第七章《心灵的后裔》。
> 近日书写进展令自己欣慰，这燃之未熄的油灯竟有如此力量支撑，所有知我前半生的人都不易相信吧！这后面有神奇的更大力量，上帝和爱。笔停时就思索痛苦的意义，总也有能说明白的一天吧！

停笔的间歇,她就写些自己当时当刻的杂感,有时就写在小小的纸片上,仿佛是与此刻的自己对话、打气。

秋天来了,11月14日:

……连日冷,落叶美得凄厉,落叶之美惊人。红色与绿色交锋,生命和死亡互占叶脉,小小的叶子,多大的场面啊!

2008年1月1日:

真不容易啊!我居然能活着庆贺自己活着,写着一生惦念的人和事……

3月9日:

……如此日夜,不允自己思及孤独老年。我如今求此孤独,不可自怨自叹。

努力面对现实。取食,阅报,灯下开始第九章,至少真正活在此刻。

2009年5月10日全部书稿终于交出之后,日记上写下:

进入这养生续命的山村，原是为完成这个愿望，也为此日日夜夜的书写、思索、思索、书写，才真正活了这四年的岁月……

2009年7月7日，远见天下文化出版公司的主编项秋萍将刚出版的《巨流河》送到作者手中，一直伴随着齐邦媛先生的工作日记也告圆满完成。这天，日记上的最后，她是这样记下的：

"我六岁离开家乡，八十年的漂流，在此书中得到了安放。"

（四）

《巨流河》既出，那强大的震撼与影响到今天还不见止息，并且肯定还会扩展到更深更远……

而这本陪伴着齐先生的工作日记，被她命名为《日升日落·最后的书房》，也将放在尔雅的散文旧作《一生中的一天》辑二，由尔雅出版社重新出版。

齐先生对我说，她这几年真是在山中看了无数次的日升日落。月圆的晚上，她偶尔还是喜欢一个人在月下独坐，书稿越积越厚之时，心情也越趋宁静，只觉得天高月明，那月光里，有一种仿佛回音般的了解与同情……

多希望2004年9月的那天,在台北市丽水街口载了齐先生往林口工地寻去的那位好心的出租车司机可以看到这篇文字。他应该就可以明白"我今年八十岁,我还有自己的生活要过"这个回答,一点也不矛盾。在那位白发女子的认真努力之下,是完完全全可以实现的人生计划,并且,成果惊人!

夜间的课堂

昨天晚上,和齐邦媛老师打电话,说了很多眼前和旧日的事。我忽然想起刚好可以问一下齐老师,前几年,她向我谈及陈义芝的诗的那段话,我可不可以发表?

齐老师说:"可以。"

太好了!这是我喜欢做的事情,现在得到齐老师的同意,就让我从头再细说一次吧。

是 2018 年 12 月间的事,这月中旬在黄春明办的《九弯十八拐》杂志上,读到陈义芝的一首诗——《我年轻的恋人》:

像一个流亡的车臣战士
我回返莫斯科
寻找我年轻的恋人

险些遗忘的
我年轻的恋人

和我的梦，多年来

任战斗摧毁的

记忆不能摧毁

我看到依旧年轻的她

像一个流亡的车臣战士

险些遗忘瞬间又想起

只要梦在年轻的恋人就在

哪怕是最后一眼

在纷乱的人群错车的月台

后来才知道是诗人在2001年写的诗，而我怎么会迟到十几年后才读到？怎么会有这么好的一首诗？

"流亡的车臣战士"这样的人物做主角，他所承受的有多少旁人不知道不能了解的疼痛和污蔑？民族的创痕在这里一概不提，退到一旁。整首诗里只有如此洁净的字句，没有任何多余的描绘，几乎可以说是不能再删得极简了，却让整个人世间的不公不义与空寂无助全部呈现。或许我们也可以说是给历史上每一场的战争，是给普世的被战争分离的恋人。好像是处在极为混乱的刹那，回过神来细看却只有寥寥十四行的篇幅，而且每行只用了很少很少的几个字。

我真喜欢这首诗。

到了 12 月底,晚上给齐老师打电话的时候,就想和她谈一谈这首诗,想不到还有更大的收获。

这天晚上,齐老师听到陈义芝的名字那一刻,马上说:

"陈义芝,我喜欢他,他这个人有气质,就是诗人的气质,安静,洁净。而且不去附和这个乱七八糟的外界,有自己的坚持。"

然后,齐老师又说:

"现在,外面的这些人和事,对我应该已经完全无关了。可是你提起了陈义芝,我心里又快乐了起来。我觉得他现在这样很好,在学校里教自己的书,写自己的诗。"

我说:"读这首诗给您听好吗?"

齐老师说好。

而当我慢慢读完最后一句时,她说:"在人群错车的月台,我也有过不少的故事。在我们那个时代,有不少月台有很多纷乱的人群错车的月台。"

然后,我们又谈了一些别的。齐老师忽然问我有没有痖弦老师的近况。我还真的没有。

齐老师说,诗人中她觉得与痖弦最亲,虽然也不是那种日常的频繁交往。那年(2009 年)7 月 7 日《巨流河》新书发表,第二天约好与痖弦见面,第一本签名送出的《巨流河》就是给痖弦的。

在这次通话的最后,齐老师告诉我,到目前为止,她最喜欢的三个诗人是商禽、痖弦和陈义芝。

是多么美好的评语!

当然,那天晚上,放下电话之后,我就马上写信给陈义芝了。我其实很少写信给他,但是,那天晚上,我自觉是那一个在怀中捧着珍宝要送去给他的邮差啊!

而之后再和齐老师谈起这件事的时候,已经又过了大概一年的时间了,我想问她,为什么会特别喜欢这三位诗人?

齐老师说:

"我和商禽并没有来往,可以说是不认识他,但是,有他的诗就够了。他的诗不算多,但是也不必多,我想那是一种对诗的态度。而痖弦有一些特质是别人没有的,太珍贵了,我还要尊敬他。我对陈义芝也是尊重的。"

我慢慢揣想,这尊敬与尊重,是不是都源于诗人自身对"诗"的尊敬与尊重?

我记得齐老师说过,诗人不应该去汲汲于"经营"自己的诗。而这"经营"在此,恐怕指的是涉及功利了吧?

我其实也不敢多去打扰,总是隔个一两个月才敢通一次电话,乘晚间她空下来的时候。多少年了,从齐老师身上,我总能领受到一种安静愉悦的从容之感。当然,如今年纪大了,行动可能会受到一些生理上的限制，譬如容易累，或者走得慢一点了之类。但是，齐老师那心智活动的灵敏、自由和强大却是令人惊叹的，是以一种令人仰视的角度发展，无止无尽……

她曾说自己的东北故乡壮阔深邃如史诗。老师也提到她的家乡辽宁铁岭，她说当年的东北地方多有流放者，通常是思想上的叛逆者而遭流放，有一种特别的人格倾向，喜读书、思想，在逆境中求存。

昨晚，齐老师对我说，她觉得在她快满周岁时把她从重病的死亡线上救回来的那位医生，感觉上就是这样一位深沉的人物。

《巨流河》的正文一开始，这位医生就出场了：

……快满周岁时，有一天高烧不退，气若游丝，马上就要断气的样子。我母亲坐在东北引用灶火余温的炕上抱着我不肯放。一位来家里过节的亲戚对她说："这个丫头已经死了，差不多没气了，你抱着她干什么？把她放开吧！"我母亲就是不放，一直哭。那时已过了午夜，我祖母说："好，叫一个长工，骑马到镇上，找个能骑马的大夫，看能不能救回这丫头的命！"这个长工到了大概是十华里外的镇上，居然找到一位医生，能骑马，也肯在零下二三十度的深夜到我们村庄里来。他进了庄院，我这条命就捡回来了。母亲抱着不肯松手的"死"孩子，变成一个活孩子，一生充满了生命力。

我向齐老师说,我读到这一段时是有画面的。暗黑的夜里,白雪铺满的大地上有着微光,马蹄踏着厚厚的雪地前进,蹄印很深。骑在马上的大夫已是中年,眉头微皱,或许在心里希冀那个小婴儿能够再多支撑一下,希望这一切都还不会太迟……

齐老师说,在她的心中,也是一直有一位在雪地里骑着马的男子的画像。

书上说,之后过了不久,有一次,这位大夫再到附近出诊。齐老师的母亲,还去请求他为这个他亲手救回来的孩子命名。医生为齐老师取名"邦媛",是《诗经》里出来的好名字啊!

齐老师说:"这位大夫是在我生命的初始,给了我双重祝福的人。"

所以,她在《巨流河》里,在正文开篇的最后一段是这样写的:

> 在新世界的家庭与事业间挣扎奋斗半生的我,时常想起山村故乡的那位医生,真希望他知道,我曾努力,不辜负他在那个女子命如草芥的时代所给我的慷慨祝福。

是的,齐老师应该就是这样。

那位医生在回去的路上,心里一定由衷地为这个小小的婴儿喝彩！将来一定是个肯努力又很坚持的女子，如此强大的生命力，谁能与她相比！

是的，齐老师，我相信那位医生一定早早就知道了。

有一首诗

> 彼黍离离,彼稷之苗。行迈靡靡,中心摇摇。知我者,谓我心忧。不知我者,谓我何求。悠悠苍天,此何人哉。
>
> 彼黍离离,彼稷之穗。行迈靡靡,中心如醉。知我者,谓我心忧。不知我者,谓我何求。悠悠苍天,此何人哉。
>
> 彼黍离离,彼稷之实。行迈靡靡,中心如噎。知我者,谓我心忧。不知我者,谓我何求。悠悠苍天,此何人哉。
>
> ——《诗经·国风》

越过乡间的公路,再穿过一大片玉蜀黍田之后,在我们眼前,是一座长满了野草的两层土坡,顺着小径,有那脚步特别快的朋友先爬上了坡顶,马上回头向坡下的我们做出了阻拦的手势,同时大声地说:

"叶老师,您就别上来了,这上面什么也没有了啊!"

不过,叶老师并没有听从他的劝告,还是继续往前一步步地走了上去。小径上的野草很高,枝梗芜杂而枯黄,时时牵扯着行人的衣角。是九月下旬的东北大地,还算温暖,有阳光,然而空气里也有一层薄薄的灰蒙的尘霾。

到了坡顶,感觉上原来应该是个面积颇为宽广的平台,此刻却长着满满的庄稼,就在我们眼前拥挤着矗立着的玉蜀黍一直延伸到远处,是收成的季节了,带着紫棕色穗子的玉米粒粒金黄饱满,藏在脆裂的叶片里若隐若现,风吹过来的时候,高大的植株微微晃动摩擦,枝叶簌簌作响。

面对着这横亘在眼前的秋日的玉蜀黍田,叶老师默然无语,独自伫立了好一会儿之后,忽然回过头来对我说:

"这真的就是黍离之悲了。我现在的心情,和那首诗里说的怎么完全一样!"

那首诗收在《诗经》里,说的是周朝东迁之后,有人走过从前的宗庙宫室所在之地,却发现曾经华美庄严的建筑都已经完全消失,四野只长着满满的庄稼,不禁悲叹再三,徘徊不忍离去。

那首诗中抒写的是接近三千年之前的一个周朝后人的心情,而此刻是公元 2002 年的 9 月 26 日,叶赫那拉部族的后人叶嘉莹教授千里迢迢终于寻到了原乡,站在承载着先祖昔日悲欢的东北城旧址之上,一切也几乎都消失了。放眼望去,秋日午后,四野只有无穷无尽的玉蜀黍田,远方的一条河流,天边的一轮红日,以及心中的一首诗。

一首穿越过邈远的时空前来相会,却仿佛是此刻的自己才刚刚写成的诗。

世间的遇合有时非常奇妙。这么多年来，我都只是个远远仰慕着叶老师的读者，如今却能陪同她回到原乡，这一切都是起因于我的好友汪其楣教授最初的一番好意。

其楣是叶老师的学生。2002年的3月，叶老师在台北讲学，其楣寄给她一篇自己刚发表的论文，里面谈到我的一些以蒙古高原为主题的散文与诗，就又催促我也寄本刚出版的散文集《金色的马鞍》给叶老师看看。

过了几天，接到施淑教授的电话，邀我到福华饭店与叶老师共进晚餐，使我喜出望外。

更想不到的是，那天晚上，叶老师对我说：

"我也是蒙古人。我们的部族是叶赫那拉。我的伯父曾经告诉过我，叶赫是一条河流的名字，但是我已经不能确定它的地点，也不知道如今这条河流是否还在。"

那天晚上，施淑、静惠和我，三个人围坐在叶老师的旁边，静静聆听她讲述先世的历史与传闻。在灯光下，年近八十的叶老师容颜恬静开朗，可是，我们能够感觉得到她心中那种深沉的寻索的渴望，她说：

"我一直希望能找到那一条叶赫水。"

那一条河流仿佛是记忆的根源，如果河流还在，那么，旧日的城池或许应该也还在，而在天涯游子心中谨记了多少年的种种线索就终于能够有所依附了罢。

就在那个时候，我的心里好像有些什么忽然燃烧了起来。

还等什么呢？叶老师，我们就去找一找看罢，好吗？

2002年3月里的这个晚上，叶老师微笑着回答我：

"好的。如果你找到了叶赫水，我就和你一起回去。"

当时，我们都没能预料到，这个愿望竟然在半年之后就实现了。

那天晚上，回到家里我就赶快打电话给住在沈阳的蒙古朋友鲍尔吉·原野，他是我心仪已久的作家，读过他的许多作品，却还没见过面。在电话里他感觉到我的情绪，于是马上又去找到他的满族朋友关捷，在《沈阳日报》工作的关捷一口承担了这个寻访的任务。

之后的两三个月里，台北与沈阳之间便有了一条热线。关捷去请教了好几位专研清史的学者，也到地方上去打听，然后，美好的消息就传来了——叶赫水至今犹在，不但没有干涸，也没有改名，而且就发源在叶赫镇，再从整个城镇的中间穿过。这个叶赫镇如今属于吉林省梨树县，离长春市不远。

9月下旬，吉林大学的刘中树校长以及多位教授就在长春市迎接叶老师，她在日本教书的侄子叶言材教授也赶来了，还有关捷、鲍尔吉·原野和我，大家一起陪着叶老师走向她念念不忘的先祖原乡。

"叶赫那拉"在蒙文的字义里是"大太阳"，也可以引申为"伟大的部族"的意思。"那拉"在汉译中有时写成"纳兰"。

史书上说:"其先出自蒙古,姓土默特氏,灭纳喇部据其地,遂以地为姓;后迁叶赫河岸,因号叶赫。"

遥远的先祖从黑龙江先迁徙到呼兰河流域,再南迁到叶赫河畔的时候,已经是明宣德二年(公元1427年)了。在山川富饶的叶赫河畔,这个部族日渐壮大,子子孙孙,世袭相沿,过了一百九十多年的安稳岁月。明朝时,因为与明贸易于镇北关,所以被称作北关叶赫。叶赫与爱新觉罗两族原先互相通婚友好,但是,最后终于在一场惨烈的战争中,被努尔哈赤的后金所灭。就在东北城下,负伤被缢杀之前,叶赫部最后的领袖金台什留下了那句誓言:

"我们叶赫氏就是剩下最后一个女子,也要灭了你们爱新觉罗!"

不知道是不是因为这个缘由,清朝建国以后,叶赫部虽然在八大贵族之列,却始终与清廷处在一种微妙的距离里。清朝选后,明令排除叶赫那拉的女子。

然而,誓言犹在朝廷的记忆里,民间的记忆却逐渐开始分歧。尽管在史书里叶赫源出蒙古的记录始终没有消失,但是四百多年来,叶赫那拉部族的后代子孙,无论是真正的遗忘还是蓄意的隐晦,有些人最远只追溯到先世是海西女真扈伦四部之一,从此就以满人自居了。

在叶嘉莹教授的家族里,记忆从未湮灭,反倒是以一种反复叮嘱的方式传延了下来。虽然由于一次又一次战乱的阻隔,使得还乡的心愿延宕到如今才能实现，然而，毕竟是实现了。

此刻，叶赫水正从秋日亮黄沉绿的山林间奔涌而出，穿过叶赫那拉部族曾经生息于其上的大地，穿过那在几百年间曾经辉耀也曾经晦暗的时光，穿过那急速翻动如四野秋声一样簌簌作响的历史书页，终于，和缓地放慢了速度，潺潺地流进了千里寻来的游子心中。

毕竟是实现了啊！这寻索的心愿。

站在叶老师的身旁，我也随着她的视线往四周眺望，但是我深信，天地山川此刻都在向她召唤，叶老师所见到的，必然和我们这些旁人所能见到的是不一样的。

所以，当有人从坡顶向她高声呼喊"叶老师，这上面什么也没有了啊！"的时候，我们之中谁也没能想到，对于叶老师来说，在这座长满了荒草和玉蜀黍的土坡上，除了满满的几百年的兴衰之外，还有一首诗在等着她。

一首清晰而又贴切，恍如她自己提笔刚刚才写成的诗啊！

天穹低处尽吾乡

> 余年老去始能狂,一世飘零敢自伤。
> 已是故家平毁后,却来万里觅原乡。

这是 2005 年 9 月,叶嘉莹老师去内蒙古呼伦贝尔地区作首次的原乡之旅时所作的口占绝句十首中的一首。

这首诗后有一段加注:

"我家本姓叶赫纳兰,先世原为蒙古土默特部,清初入关,曾祖父在咸、同间曾任佐领,祖父在光绪间任工部员外郎,在西单以西察院胡同原有祖居一所。在 2002 年的一份北京市规划委员会的公文中,曾提出要加强保护四合院的工作,我家祖居原在被保护的名单内,但终被拆迁公司所拆毁。"

被平毁的故家,是曾祖父购建的,童年时的叶老师就在这幢美丽宽敞的四合院里入学就读。祖父是进士,门口有进士第之匾,门旁还有两尊石狮。伯父是儒医,把家中东房作为"脉房"(诊所),在南房里有许多藏书,由于叶老师的父亲常在外地工作,所以,她幼时在伯父身边受教的时间较多。

第一本课本是《论语》。但是，由于平日常听伯父与父亲大声吟诵旧诗，母亲与伯母则是低声吟唱，两种境界都让她神往，所以，叶老师说，她虽是从国学学起，耳濡目染的则是诗词。

她说：诗，不是用知识去学习的，而是用感觉去学习。用感觉去累积的诗词，终生都不会忘记，是一种直觉的吸收与涵泳。

还有一种不能忘记的质素，就是血脉的来处。

她记得很清楚，那年，她已有十一二岁了，伯父第一次郑重向她说起蒙古原籍之事，伯父应该也是听他的长辈这样一代又一代再三嘱咐再三叮咛地说起的吧。

即使是在年节祭祖时，全家人都要跟从伯父先向东北方向三跪九叩首，然后再向西北方向三跪九叩首，一为远祖，再为家墓（西北方是近代祖坟所在的方位）。

但是，那个时代兵荒马乱，出了北京城就是盗贼、军阀、日寇，最后再加上内战，所以，虽然代代相嘱，不可忘记自己的来处，但是，百年之间，从曾祖父到祖父到伯父，却从来没有一个人回去过。

2002年中，沈阳的关捷先生为叶老师寻到叶赫水的所在。9月，在许多朋友的陪同之下，叶老师远赴吉林省寻访叶赫旧部，成为她的家族里第一个见到叶赫水的子孙。河水还在奔流，故土却成为无边无际的农田，种满了在秋风里簌簌作响的玉蜀黍。

2005年9月，由于念念不忘土默特部的祖源，叶老师启程赴呼伦贝尔，终于实现了她的愿望。同时，又成为她的家族第一个踏上蒙古高原的人。

原来,绝不可轻视一个族群的记忆,更不可小看一个女子长存在内心深处的坚持和不忘。

2005年,八十一岁,经过了七十年的等待,叶嘉莹老师终于见到蒙古原乡。

曾经是那样模糊那样遥远的故土,如今却就在眼前就在脚下,是可以触摸可以嗅闻可以雀跃可以奔跑可以欢呼可以落泪又可以一层层细细揭开、一步步慢慢走近的大好河山啊!

因而,叶老师全程都是神采焕发,而这样焕发的神采,就影响了她身边所有的人。

这是一种难以形容的美好特质。

叶老师自己其实历经丧乱,然而从不见她诉苦,却也不回避。她的言词和风范,都是那样真诚和自然。在她身边,我才明白什么叫作"如沐春风",原来世间真有其人,真有其事。

要想追记的幸福时刻还有许多。

叶老师待人极为随和,又充满了好奇心,什么都愿意尝试。

2005年9月16日,我先去天津与叶老师会合,在她任教的南开大学作了一场演讲。17日,叶老师、怡真和我,一同乘车到了北京,在旅馆住一夜,准备第二天飞海拉尔。

吃完晚餐后,我们去附近的超市,添购些旅程需要的杂物。路过食品部门的大冰柜,我忽发奇想,想要请她们二人吃一根我情有独钟的冰棒,结果真的给我买到了"伊利"的酸奶冰棒。叶老师和怡真欣然接受,那又甜又酸又浓醇的奶味儿,让她们赞赏不已。

那天晚上,我们三个人就站在人行道上把冰棒吃完,只要微微抬头,从迎面的路树枝丫间望过去,就是一轮又圆又满的阴历八月十四日的大月亮。

怡真是叶老师在台大教书时的学生,我却只是个私淑弟子,多年来都在离叶老师很远的地方一本又一本地读着叶老师的著作,怎么也想不到会有这样的一天,可以在北京的街边,请叶老师吃了一根内蒙古出品的酸奶冰棒!

这人生可真是有点离奇了。

要想追记的幸福时刻还有许多。

9月18日下午1:40,飞机抵达了呼伦贝尔首府海拉尔,有四位朋友前来接机——松林、伟光、国强和宝力道。

这四位身强力壮的男士,一下子就把我们视为沉重负担的大大小小的行李都接过去了,同时,却又温文有礼地轻声向我们致以问候与欢迎之意。

这就是我的生在大兴安岭森林、长在巴尔虎草原上的好朋友们,是多么漂亮的好男儿!在把他们四位介绍给叶老师之时,我心中别提有多么得意了。

叶老师,您已经踏上了蒙古高原,请看一看这些生长在原乡大地上的好男儿吧，他们每一位都是真挚、热忱又坚强的精彩人物啊！

在这一点上，我想，叶老师一定深有同感。因为，在她口占绝句中的第十首，说的就是这份感动：

> 原乡儿女性情真，对酒歌吟意气亲。
> 护我更如佳子弟，还乡从此往来频。

要想追记的幸福时刻还有许多。

叶老师对自己的身体很注意保护，这次旅程，怡真和我是全程的陪同，我不小心先因为受凉而感冒了，然后再连累到怡真。两个人什么药都没带，全靠叶老师拿出她准备的药丸来救急才勉强撑过去。叶老师却什么事也没有，在短短的八天之中，东上大兴安岭，西渡巴尔虎茫茫古草原，一路上健步如飞，诗兴大发，走了一处又一处，写了一首又一首，真是让我们叹为观止，非常羡慕。

已经是9月20日了，一车人从海拉尔出发直奔大兴安岭的阿里河。是个晴天，山路旁的颜色因而更加耀眼，落叶松一色铬黄，樟子松一脉墨绿，只可惜桦树的叶子差不多要落尽，少了许多闪烁明亮的暖金色，只剩下像灰雾一般延伸的细密枝丫。

在山路下方远远的平野之上，一片又一片的再生林互相依偎着往高里生长，有细细的烟尘在风中徐徐开展，如雾又如网，是有人在什么空旷之处烧着野草吧?

怡真先开始诵念:"平林漠漠烟如织……"在更远更远的地方,是几抹青蓝色的峰峦,那颜色,有可能是"伤心碧"吗?

这是一堂附有真实风景作插图的古典文学课程,在秋日的大兴安岭,在叶老师身边,我们一车的人都是兴奋又快乐的小学生。

一路行来,仿佛万事万物,只要经过她的指点,就都能成诗。又仿佛任何一首诗,都可能和眼前的风景有些什么牵连,是为车窗外那一幅绵延起伏的"秋光秋色长卷"作些注释。

这样的一堂课,是生命里难以置信的奇遇,我会铭记在心。

从大兴安岭下来之后,又紧接着往西进入巴尔虎草原。

有一天上午,我们在一片广袤无边的大草场上停车休息,看到日月同时高悬在天空中,叶老师一边惊叹一边缓步往草原深处走去,我们这些人就都很安静地留在原地,不想去打扰她。

可是,我发现每个人的目光却都不约而同地朝向她。是因为每个人的心里都在揣想着八十一岁的叶老师走在原乡故土之上,究竟会是怎样的一种心情吗?

那天,叶老师越走越远,身影越来越小,到了后来,几乎是与浩瀚的天地融为一体了。

然后,她再微笑着慢慢走回来,给了我们这一首诗:

右瞻皓月左朝阳,一片秋原入莽苍。
伫立中区还四望,天穹低处尽吾乡。

心灵的飨宴

2009年2月21日晚间,叶嘉莹先生应洪建全文教基金会的邀请,在台北的"敏隆讲堂"演讲,讲题是"王国维《人间词话》问世百年的词学反思"。

从七点正准时开始到九点过后还欲罢不能,那天晚上,叶老师足足讲了两个多小时。以《人间词话》为主轴,谈词的由来、特质、境界,以及雅郑之间的微妙差异等等;上下纵横,中西并用,再加上兴会淋漓之处叶老师不时地让思路跑一下野马,把我们带到一片陌生旷野,那种辽阔无边,那种全然不受约束的自由,好像极为混沌无端难以言说,却在同时又井然有序地一一心领神会……

何以至此?何能至此?

当时的我,只觉得叶老师在台上像个发光体,她所散发的美感,令我如醉如痴。在无限欣喜的同时却还一直有着一种莫名的怅惘,一直到演讲结束,离开了会场,离开了叶老师之后,却还离不开这整整两个多钟头的演讲所给我的氛围和影响。

之后的几天,我不断回想,究竟是什么感动了我?

对叶老师的爱慕是当然的，对叶老师的敬佩也是当然的，可是，除此之外，好像还有一些很重要的因素是我必须去寻找去捕捉才有可能得到解答。

那天晚上，叶老师在对我们讲解关于词的审美层次之时，她用了《九歌》里的"要眇宜修"这四个字。

她说："要眇"二字，是在呈现一种深隐而又精微的美，而这种深微，又必须是从内心深处自然散发出来的才可能成其为美。

至于"宜修"则是指装饰的必要。但是，叶老师说，这种装饰并非只是表面的修饰，却也是深含于心的一种精微与美好的讲究。一如《离骚》中所言的"制芰荷以为衣兮，集芙蓉以为裳……佩缤纷其繁饰兮，芳菲菲其弥章"，是所谓的一种品格上的"高洁好修"。

那天晚上的叶老师，身着一袭灰蓝色的连身长衣裙，裙边微微散开。肩上披着薄而长的丝巾，半透明的丝巾上还暗嵌着一些浅蓝和浅灰色的隐约光影，和她略显灰白但依然茂密的短发在灯光下互相辉映。

当时的我，只觉得台上的叶老师是一个发光体，好像她的人和她的话语都已经合而为一。不过，我也知道，叶老师在台上的光辉，并不是讲堂里的灯光可以营造出来的，而是她顾盼之间那种自在与从容，仿佛整个生命都在诗词之中涵泳。

之后，在不断的回想中，我忽然开始明白了。

原来，叶老师当晚在讲坛上的"人和话语合而为一"，其实是因为她就是她正在讲解中的那个"美"的本身。

叶老师在讲坛上逐字讲解中的"要眇宜修"，就是她本身的气质才情所自然展现的那深隐而又精微、高洁而又高贵的绝美。

是的，她就是"美要眇兮宜修"的那位湘水上的女神。

然而，或是因为"世溷浊而不分兮"，或是因为一种必然的孤独，使得所有这世间的绝美，在欣然呈现的同时，却又都不得不带着一些莫名的怅惘甚至忧伤。

那晚之后，我在日记里记下自己的触动，我何其有幸，参与了一次极为丰足的心灵飨宴。

想不到，十个月之后，我又有幸参与了一次。

2009年12月17日上午，叶老师应余纪忠文教基金会的邀请，在中坜的"中央大学"作了一场演讲，讲题是"百炼钢中绕指柔——辛弃疾词的欣赏"。

礼堂很大，听众很多，仪式很隆重。可惜的是，演讲的时间反而受了限制。叶老师这次只讲了一个半小时左右，她所准备的十首辛弃疾的词，也只能讲了两首而已。

这两首的词牌都是《水龙吟》，一首是"登建康赏心亭"，一首是"过南剑双溪楼"。

叶老师说，辛弃疾一向是她所极为赏爱的一位词人。

他正是能以全部的心力来投注于自己的作品，更是能以全部的生活来实践自己的作品。他的生命与生活都以极为真诚而又深挚的态度进入文学创作。

因此，在讲解这两首《水龙吟》之时，叶老师就要我们特别注意创作时间的差异对作品的影响。她说，基本上，生命的本体（感情与意志）是不变的，可是，辛弃疾一生传世的词，内容与风格却是千变万化，并且数量也有六百首以上之多。

她为我们选出的这第一首《水龙吟》，辛弃疾作于三十四岁，正在南京，在孝宗的朝廷。写"登建康赏心亭"的时候，离他当年率领义兵投奔南朝那热血沸腾壮志昂扬的英雄时刻，已经过了十个年头了。

写后面的一首"过南剑双溪楼"时，辛弃疾已经有五十多岁了，而在这之前，被朝廷放废了十年之久。

辛弃疾的一生，六十八载岁月（1140—1207年），有四十多年羁留在南宋，中间又还有二十年的时光是一次次被放废在家中。

这样的蹉跎，置放于文学之中，会产生出什么样的作品？

我们在台下静静地等待着叶老师的指引。

这天，站在讲台上，叶老师仍是一袭素净的衣裙，只在襟前别上了一朵胸花，深绿的叶片间缀着一小朵红紫色的蝴蝶兰，是"中央大学"校方特别为贵宾准备的。

她的衣着，她的笑容，她的声音，她的一切，本来都一如往常，是一种出尘的秀雅的女性之美。可是，非常奇特的，当她开始逐字逐句为我们讲解或吟诵这两首《水龙吟》之时，却是隐隐间风雷再起，那种雄浑的气势逼人而来，就仿佛八百多年前的场景重现，是词人辛弃疾亲身来到我们眼前，亲口向我们一字一句诉说着他的孤危而又蹉跎的一生了。

在"楚天千里清秋"微微带着凉意的寂寞里，我们跟着辛弃疾去"把吴钩看了，栏干拍遍"，心里涌起了真正的同情。非常奇妙的转变，在我的少年时，那些曾经是国文课本里生涩而又苍白的典故，为什么如今却都化为真实而又贴近的热血人生？原来，辛弃疾亲身前来之时，他的恨、他的愧、他的英雄泪都是有凭有据、清晰无比的啊！

我们跟随着他掠过了二十年，来到南剑双溪的危楼之前，但觉"潭空水冷，月明星淡"，到底要不要"燃犀下看"呢？那黑夜的肃杀与词人的忐忑，到此已是一幅结构完整、层次分明的画面了。

等到"千古兴亡，百年悲笑，一时登览"这几句一出来，我一方面觉得自己几乎已经站在离辛弃疾很近很近的地方，近得好像可以听见他的心跳，感觉得到他的时不我与的悲伤。可是，一方面，我又好像只看见这十二个字所延伸出来的人生境界，这就是"文学"吗？用十二个字把时空的深邃与浩瀚，把国族与个人的命运坎坷，把当下与无穷的对比与反复都总括于其中，这就是"文学"吗？

因此，当叶老师念到最后的"问何人又卸，片帆沙岸，系斜阳缆"的时候，在台下的我不得不轻声惊呼起来。

惊呼的原因之一是，这"系斜阳缆"更是厉害！仅仅四个字而已，却是多么温暖又多么悲凉的矛盾组合，然而又非如此不可以终篇。仅仅四个字，却是一个也不能更动的啊！

惊呼的另一个原因是，终篇之后，我才突然发现，刚才，在叶老师的引导之下，我竟然在不知不觉之间进入了南宋大词人辛弃疾的悲笑一生。他的蹉跎他的无奈我不仅感同身受，甚至直逼胸怀，整个人都沉浸在那种苍茫和苍凉的氛围里，既感叹又留恋，久久都不舍得离开。

是何等丰足的心灵飨宴！

等我稍稍静定，抬头再往讲台上望去，叶老师已经把讲稿收妥，向台下听众微笑致意，然后就转身往讲台后方的贵宾席位走去，准备就座了，亭亭的背影依然是她独有的端丽和秀雅⋯⋯

可是，且慢，那刚才的辛弃疾呢？

那刚刚才充满在讲堂之内的苍凉与苍茫，那郁郁风雷的回响，那曾经如此真切又如此亲切的英雄和词人辛弃疾呢？

请问，叶老师，您把他收到什么地方去了？

何以至此？何能至此？

这不是我个人在思索的问题，那天会后，许多听众也在彼此轻声讨论。

我听见有人说"是因为声音，声调"，有人说"是因为先生学养深厚，又见多识广"，有人说"是因为她自幼承受的古典诗文教育,已经是她生命的一部分了"。还有人说"恐怕是因为她自身的坎坷流离,所以才更能将心比心,精准诠释的吧"。

我在旁边静静聆听,大家说的都没有错,这些也应该都是叶老师所具有的特质。但是,我总觉得,是不是还有别的更为重要的质素,才可能让叶老师如此地与众不同呢?

这是我一直想去寻求的解答。不过,我也知道,那极为重要的质素,想必也是极为独特与罕见的,又如何能让我就这样轻易寻得?

直到最近,读到《红蕖留梦——叶嘉莹谈诗忆往》一书的初稿,发现书中有两段话语,似乎就是给我的解答,在此恭谨摘抄如下:

……诗词的研读并不是我追求的目标,而是支持我走过忧患的一种力量。

……我之所以有不懈的工作的动力,其实就正是因为我并没有要成为学者的动机的缘故,因为如果有了明确的动机,一旦达到目的,就会失去动力而懈息。我对诗词的爱好与体悟,可以说全是出于自己生命中的一种本能。因此无论是写作也好,讲授也好,我所要传达的,可以说都是我所体悟到的诗歌中一种生命,一种生生不已的感发的力量。中国传统一直有"诗教"之说,认为诗可以"正得失、动天地、感鬼神"。当然在传达的过程中，我也需要凭借一些知识与学问来作为一种说明的手段和工具。我在讲课时，常常对同学们说，真正伟大的诗人是用自己的生命来写作自己的诗篇的，是用自己的生活来实践自己的诗篇的，在他们的诗篇中，蓄积了古代伟大诗人的所有的心灵、智慧、品格、襟抱和修养。而我们讲诗的人所要做的，就正是透过诗人的作品，使这些诗人的生命心魂，得到又一次再生的机会。而且在这个再生的活动中，将会带着一种强大的感发作用，使我们这些讲者与听者或作者与读者，都得到一种生生不已的力量。在这种以生命相融会相感发的活动中，自有一种极大的乐趣。而这种乐趣与是否成为一个学者，是否获得什么学术成就，可以说没有任何关系。这其实就是孔子说的，知之者不如好之者，好之者不如乐之者。

旨哉斯言，谜题揭晓！

原来，答案就在这里。

叶老师带给我们的一场又一场的心灵飨宴，原来就是久已失传的"诗教"。

这是一种以生命相融合相感发的活动，而能带引我们激发我们去探索这种融合与感发的叶老师，她所具备的能量是何等地强大与饱满，而她自己的生命的质地，又是何等地强韧与深微啊!

历经忧患的叶老师,由于拥有这样充沛的能量,以及这样美好的生命质地,才终于成就了这罕有的与诗词共生一世的丰美心魂。

在此,我谨以这篇粗浅的文字,向叶老师献上我深深的谢意。

附记:

叶老师别号为纳兰迦陵。"纳兰"是族姓"叶赫纳兰"的简称。"迦陵"是叶老师年轻时自取的笔名,她说与佛经上的妙音鸟"迦陵频伽"相同只是一种巧合。然而,佛经上说这种神鸟鸣声清妙,使人闻之而心神欢跃,那么,在叶老师谈诗论词的时候,我们所聆听的,不就是天籁,不就是妙音吗?

寒 玉 堂

是 2019 年 4 月 11 日中午，因为悦珍和谋贤从美国回来，我们留在台湾的师大同学就互相通知，约好今天在北艺大的德国餐厅聚餐。

久没见面的清治也在座，我们聊了一会儿，他忽然说要讲我当年的一件事给大家听，问我介不介意。

由于他一向会突然说些开玩笑的反话，所以我也马上回他"介意！"表示别说了。不过，老同学了，他当然不听话，还是开口说了出来：

"那是大四上学期，有一天，溥老师来上课的时候，写了一些满文的句子在纸上，然后对我们说：'自己民族的文字，不可以忘记。'席慕蓉，你就一个人哭起来了，哭得稀里哗啦的，你还记得吗？"

我的天！我完全不记得！

在我的记忆里，从来没有印象。但是，如果他记得，应该也不会有错。只为，那时的我和此刻的我应该也没有什么差别，听了这句话，是会哭的。

难得的记忆，保存了半个多世纪之后，再由他转交给我。真的要谢谢他，是只有老同学才会替你记得的事啊！

我不禁想起了去年遇到的一件事。

2018年9月6日的下午，我站在北京恭王府的府邸最深处的蝠厅之前，等着紧闭的门开启。

带我来的是宝贵敏，她是一位年轻的住在北京的蒙古族女作家，我们认识很久了。我跟她说想要来恭王府参观曾经是我老师溥心畬的书房的蝠厅，她就在这个下午带我来了。

恭王府的前身是乾隆年间大学士和珅的宅第，到了嘉庆年间，和珅因为贿赂和贪奢被赐死，自尽而亡。咸丰继位后，封六皇子奕䜣为恭亲王，并将和珅的这座几乎仿效皇家规模建立的庭园赐给了恭亲王。当时恭亲王还不到二十岁。

我非常尊敬的师大学长王家诚教授所著的《溥心畬传》中，曾说到当时恭亲王"更将此历史胜迹大加整修，分为王府和花园前后两大部分，前部为办公居家之处。花园名'萃锦园'，取集众芳精华，成一代名园之意"。

"光绪二十二年七月二十五日，贝勒爱新觉罗·载滢的次子诞生。由于这天是咸丰皇帝的忌辰，所以把他的生日改为七月二十四日。……他的诞生，对此际政坛失意，奉旨'养病'的恭亲王，是一件大喜之事。出生第三日，光绪皇帝赐名为'溥儒'，'心畬'则是他后来所取的字。"

溥老师是恭亲王的爱孙，童年的教导自是严谨。

"八岁那年，正在学作七言绝句诗的溥心畬晋见慈禧太后。当天，是慈禧太后寿诞之日，颐和园中，满是祝嘏的王亲贵族。她的兴致很好。竟把这聪明俊秀的王孙抱在膝上问：'听说你会作对联？'

"溥心畬好像未加思索似的，顺口作出一副五言联祝寿。联句文雅得体，典也用得妥帖，太后称之为'本朝神童'，赏给他文房四宝。溥心畬神童之名不胫而走。"

但是，时光流逝，世事变迁。"民国十几年，恭亲王的继承人溥伟，将王府抵押给天主教会。其后辅仁大学代偿巨债，取得产权，王府就此易手。"

不过，作为恭亲王的孙子，溥心畬和兄弟依然租赁其中的萃锦园多年，"埋首著作，对客挥毫，奠定在艺术界中的地位。"

而溥老师那时的书房，就在萃锦园后端的蝠厅，有几级石阶，地势比一路走过来的萃锦园略高一点。在我身旁的游客已经少了许多，算是比较僻静的了。不像刚才从门口一路走过庭园走过水榭时那样地嘈杂与慌乱。

那么多那么多的游客啊！有胡乱走动的，有在地上盘踞成一个圆圈的，有依着树荫坐，开始聊天的。好像都在努力享受身在名园的光彩。很少人愿意静下来感受身边植物的绿意以及微风的吹拂。属于一个园林的静谧之处的优点都被排挤掉了，空留一方喧闹的场子。

其实，我应该也是其中的一员。

急急忙忙地穿过庭园穿过水榭，急急忙忙地找到了蝠厅。看见那两扇紧闭的红门因为别人的叩响而开启，进去几个人之后又复紧闭，我也忍不住了。

我是溥老师的学生，但并不是叩了头拜师长相追随左右的弟子。我只是刚好有幸，在师大四年级上学期，学校又请到了溥老师前来教课（听说早年也曾请过，也曾来教过）。我们全班同学才上了不到一个学期的课，然后老师身体就不太舒服，就没有再来。下个学期是由孙家勤老师代课的。

到了1963年11月18日，溥老师在台湾逝世，11月28日，葬于台北阳明山南原。

我们是师大最后一班有幸亲近溥老师的学生。溥老师来上课的时候，总有一位高年级刚毕业的女助教陪着来，坐在老师旁边，随时侍候老师茶水和糖果。

溥老师上课并不要我们交绘画的作业，他给我们对对子、讲声韵，还要我们交诗词的作业给他看。那时全班只有我一个人对平仄感兴趣。所以老师问有谁写了诗了、有谁填了词了，大家就叫我去充数，我也就拿着奇奇怪怪的作业交上去了。

站在老师面前，我一句话也说不出来，甚至到今天也不大记得曾经写过什么。只见老师总是微微地笑着，看我写的东西，也不说话。多年之后，我在收到老同学谢文钊从马来西亚转寄回来我当年的一张旧作之后才知道，那样年轻的我已经试着要说出心里的想望了：

"关山梦，梦断故园寒。塞外英豪何处去，天涯鸿雁几时还，拭泪话阴山。"

我自己记得的还有一些没头没尾的，譬如：

"……头白人前效争媚，乌鞘忘了，犀甲忘了，上马先呼累。"

交上去之后，老师仍然是微微地笑着，也不说话。然后同学就围了过来，问老师一些别的问题，一堂课就以另外一种愉快的气氛展开了。

一直到有一天，依然是他坐在桌子后面，我站在桌前。老师忽然抬起头来，对着围绕在桌前的同学们说了一句话：

"这个女同学是一块璞。"

他的声音比较低，同学们没听清楚。于是溥老师就拿起笔来在白色的棉纸上写下了一个字：

"璞。"

然后他向周围的同学说：

"我刚才的意思是说这位女同学是一块璞，要琢磨之后才能显出里面的玉质来。"

全班同学都起哄地叫了起来，还有人假装忌妒地对我挥拳作势，混乱中有个侨生一把抢了那张桌上的纸走出门外。老师回头看我，我那时什么话也说不出来，就这样默默地坐着。

那应该是我们最后一次上溥老师的课。后来他身体不舒服就请假不来了。

我想向他表达的谢意，始终没能在他面前说出来，即使后来他让我们班上的建同（是他的叩头弟子）给我送来三首蒙古的诗歌让我抄下来，我也只是匆匆抄下，好像也没有说谢谢，也没有问候他。

或者有？但是我完全不记得了。

而此刻，我站在蝠厅的门前，伸出手来敲门，门应声而启，我向门内的女士说：

"我从台湾来，是溥老师的学生，想参观一下他从前的书房。"

她让我和宝贵敏进来，同时和我们一起进去的还有七八个身后的游客，她也没有阻止。我们进去之后，她也没有讲解，让我们随意参观。

里面倒是很安静。但是我仔细巡视了一圈之后，发现除了正对大门上方有一块红底金字的"寒玉堂"匾额之外，没有任何能够显示这是溥心畬老师曾经居住过、研读过和挥毫过的地方了。

墙上挂满了"福"字的或是斗方或是挂轴，有员工正在向游客轻声地推销这些商品。这里是蝠厅，当然最好是买一幅回家挂起来，可以添福的。

当然，我不能说什么。这么久远的时光，还能留下一块"寒玉堂"的匾额在这里，作为唯一的纪念，证明年轻的老师曾经在这里生活过、工作过，应该也算可以了吧。

宝贵敏过来向我说："走吧。"

我明白她的意思，这里实在没有什么可以久留的了。

可是，还有"寒玉堂"这三个字在我眼前。我朝向上方的匾额，恭恭敬敬地鞠了三个躬，热泪忽然盈眶。

老师，谢谢您。原来那时的我和此刻的我也没有什么分别，还是会哭的。

第四章 失而复得的记忆

在一个小山坡上,有一座很老很老的教室。我们把脚踏车就扔在坡下的草丛里,爬上山坡,在教堂外的草地上坐下来。小草有着清香,风很轻柔,太阳那么好,可是,我的家却离我那么远……

写在前面

在此必须作些解释,为什么要在多年之后重新挑选和抄录这些旧信。

这是我在1964年夏天出国之后写回来的家信。密密麻麻的小字写在航空邮简或者很薄的蓝色航空信纸上。有的是十几页的厚度,满满的都是我对家人的思念和在异地的生活报告。

而这些信的信封上,都有父亲写的编号,还记上收到的日期以及回信的日期。后来父亲去了德国,母亲还在家中陪着妹妹和弟弟,这些信就由母亲来编号了。

六年之后,父亲陪我一齐回国。因为那时我已结婚两年,刚刚怀孕,回来应聘教书,而海北还在比利时考他的博士学位。

回国之后,有天母亲把满满的一包信件交给我,都是我在欧洲寄回来的家信。

我很是感动。但也只是感动而已,并没觉得它的珍贵。那时想的是我已经回到台湾了,而这些信件都是些报喜不报忧的家信,就算写得再多再满,里面大概都是些不着边际的好话吧。

就这样把它们收起来了。以后每次搬家也跟着搬,但是从没再打开来过。就这样过了几十年,父母都已不在了……

搬到淡水也有二十多年了,有过几次想把它们丢掉,又不敢造次,怕自己会后悔。那是父母曾经那样小心保存的信件啊。

终于,在 2020 年的秋天,天气渐渐凉了,拉开抽屉,它又出现在我眼前。

于是,下定决心,把每一封信都从信封里取出来,展开、摆平、细读,再把这封信的信封放在整封信的背后,一齐收进透明的书夹里仔细放好。然后,再打开第二封信……一封一封信地读下去,心里有了个念头:幸好,幸好我没有把它们丢弃。虽说多是报喜不报忧的写法,但是,也没有一句谎言。

多少被我忘记了的时刻重新出现。当然,有些是只有家人才可以共享的记忆。可是,也有些是可以放在书中和读者见面的。

所以,我在将近八十几封信中,挑了其中的十三封信出来,当作我现在要出版的书中的一部分,只为了两个原因和理由。

第一个是有关于台湾当年的经济水平。

是的,1964 的夏天,出国的学生,有两个选择,是搭飞机还是坐船。去欧洲,飞机一天可到。但是坐船的话就真是旷日废时了!

你要先坐一趟客轮从台湾基隆港到香港暂停。大约几天之后才能搭上远洋客轮"越南号"出发,大约快三十天之后才能抵达马赛港，再坐火车北上到布鲁塞尔，可以说是舟车劳顿啊！

而坐飞机和坐船的票价差别只有在今日看来非常细微的不同：一百美金。

是的，飞机票四百美金，船票三百美金。

但是，在1964年的台湾，对有些学生来说，一百美金的差价仍然巨大，因此当年同船出国的台湾学子，男男女女也有十二人之多。虽非同校，目的地也各有差别，但是在船上一个月，也自成一个团体，同舟共济，彼此互相帮助，非常融洽。

所以，为了这一百美金的差别，我选择坐船，自以为是为家里省钱，却要在多年之后才发现，我得到的是在今日看来极为奢侈又难得的经验——海上丝路的全程观光旅游！

第二个要挑选出来的一件事，是选出来的这些信件里的最后一封（之后我还继续写了很多封），是在毕业画展上七位评审委员共同给我的一个奖：1er Prix de Maîtrise，我并没有拿到。

在评审当天公布的所有奖项，隔了几天正式在布鲁塞尔市政府举行颁奖典礼，别的奖状和奖牌我都领到了，但是没有这个奖。

更奇怪的是，我自己在当天以及之后的几十年里，也一直忘了有这个奖。一直到2020年的秋天，在淡水家中细读当年的家信之时，才在几行字迹里忽然看见了这个奖。

是一天或者一瞬之间的奖吗？

深藏在我几十年前的家信之中。

我后来自己慢慢回想，七位评审委员给我这个奖的时候，他们也知道，这是只颁给本国学生的大奖，有奖状也有奖金。当时他们的原意是不要奖金，只要把这难得的荣誉给我。

当时应该是这样决定的。

但是事后想必是学校当局认为不可开先例而取消了。颁奖典礼时当然也不必特别声明，于是事情就这样结束了。

1966 到 2020 年是五十四年，半个世纪了，我始终没有想起来。

而在五十四年之后，拿着这一页纸页极薄、字迹却依然清楚的信纸，我想着那天对我无比亲切、在咖啡馆里叫我坐到他妻子身边的 Léon Devos 教授慈祥的面容，还有其他几位教授对我的殷切的目光，当时的我很受感动。可是，可是，绝对没有我在五十四年之后重新回想时感动来得巨大！

仿佛只是一天或一瞬之间的奖，却是暗藏了一生一世的热切鼓励。我现在收到了，我要深深地感谢，深深深深地向你们致谢。

2022 年 5 月 2 日

第一封信

爸、妈：

我于星期日 8 月 23 号下午搭两夜的四川轮后安抵香港，住在童年旧居那栋楼房的楼下，关伯伯和关伯母的家中。离开秀华台整整十年来，此番重回，一切好像都有点变了，可是又不能仔细分辨，到底是什么变了？

关伯母对我非常好，四个兄弟也很热闹。星期一一早，我去船公司换票，画子和威威陪我去。我问船公司他们去不去德国？一听这样他们便要我去德国领事馆。到了德国领事馆，他们说可以给我一个星期的 Transit Visa，但是护照和香港过境签证要留在他们那里，星期三才能签好给我。于是我再问船公司，他们说这样很好，我星期三拿到签证他才能给我换票，早换迟换都没关系，同时可以申请在马赛上岸，这样离德国更近一点，火车票可以省一点。但是又要办法国签证，又要等两天。船公司可以给我一封信，拿去法使馆一定准。西班牙上岸和马赛上岸船票的钱是一样的。到了马赛，船公司在那里会替我们买火车票，瑞士的签证好像不要，我想明天再问清楚。虽然德国领事馆要我十四块港币，法使馆要我七块一毛，起码去得成慕尼黑，其他就顾不得了。

画子和威威很可爱，他们陪我到大姐的朋友 Joe 那里，便回去了。Joe 请我在告罗士打吃中饭，他出示大姐的信，说明天要去秀华台找我的，想不到我自己把很多事都办妥了。

他说明天还要请我吃中饭，并且要在浅水湾给我照相。他和我谈了很多出国后要注意的事，当我是个小妹妹。

晚上回到关家，等到关伯伯关伯母回来，我就把带来的礼物都送出去了，皆大欢喜。

好了！我要去休息了，今天一天够累的。请继续等我的好消息吧！

蓉蓉敬上 1964 年 8 月 24 日

第二封信

爸、妈：

今天是越南轮开航的第一天！

昨天，8月30日下午4点到6点上船。大姐的朋友Joe开车来接我们。关伯母和二姐的同学周艾枫来送行。三大件行李让关家的弟弟们只好在家门口和我说再见了。到了码头，还有我师大同班的一位男同学蔡浩泉来送我。因此，办事都很顺利。

现在，一切都定了，我和另外两位也要去欧洲的台湾女同学住一间，这样很好，因为一间房要住六个人。一个美国女孩，一位印度太太，还有一位大陆来的女孩，加上我们三个台湾女孩子就满了。

今天没赶上吃早餐，因为一觉睡到八点半，已过了早餐时间了。船上吃西餐，不过也可用米饭代替面包。饭厅很漂亮，昨天我们全船都参观过了。今天起，头等上不去了，但是冷气全船都有，而且三等舱的饭厅的色调配得很好，很调和。我现在就坐在柠檬黄色的桌前给您二位写信。房间里每人有个小柜子，我买了锁把它锁起来。船上有洗衣间、熨衣房，我把身边要穿的衣服放在一个小箱子里，那三件大行李就可以塞在床底下，一路就不用打开了。

现在有一个问题，就是我不知该不该先去慕尼黑看大姐？这三个大箱子是负担。或许，我可以先去布鲁塞尔，把东西卸下之后，再轻车简从去慕尼黑，可是开学的考试要怎么办？我想，一切依您二位的意思好了。

在船上有一个中国男同学，他要到德国的海德堡，他说可以沿途照顾我，但他也不太清楚是先到海德堡还是慕尼黑。此人年纪相当大，已在台有妻儿，所以还可放心。好了！我等您的回信好了，反正出来就不能怕麻烦了，是不是？

好了！请代我问候两位姥姥，还有华华和弟弟好，想念您们。

请您在 9 月 20 号以前将信寄到 Port-Said 来好吗？

敬祝平安康泰！

蓉蓉叩上
1964 年 9 月 1 日晨

MLLE HSI Moo Jung

PASSENGER ON BOARD s/s VIET-NAM

（ECONOMY CLASS 347）M.M.

SOCIÉTE EGYPTIENNE

MARITIME COMMERCIALE S.A.E.

3, RUE EL-GOMHORIA B.P. 107

PORT-SAID

9月20号以前,很保险的,可以放在船公司等我们到。

第八封信

亲爱的家人们：

好想你们啊！有好多话想告诉你们。

很奇怪，我以前不是对饼干之类很贪的吗？家里菜都不太吃的吗？现在在船上早餐吃黄油、果酱、咖啡、牛奶、硬面包还很对味，很香。可是中饭、晚饭总是洋芋块、生洋葱拌豆子，一块小牛扒，或者一个牛肉丸子便算好了。晚餐有一道洗菜水，使每个人一喝就要晕船的汤，这如何是好？下午4点有一道茶，我们很少去吃，因为都是些干面包。

船上很无聊。没有什么事情可做。甲板上太阳很毒，而且随时会来场没头没脑的大雨，淋得你跑都跑不动。风又大得不得了，所以最多只在上面待一下，便又下来了。经济舱活动范围不大，只有一个饭厅可用。在前几天，我还可以坐在上面，听音乐、写信。这几天我在里面一坐便觉得胃不舒服。吃饭时我还可以。原来我是个不晕船的人，高中时去了远处的几个岛，也从没晕过船。

但是，这几天，我都坐在自己的船舱里写信给你们，到了欧洲，黑鼻子头可以消掉了吧？

　　船上越南神父有三个，要到法国去读书。第一站，到西贡。在香港时报纸上写得天下大乱，关伯母一再申明不许我在西贡上岸。我自己也说不下船了。可是，到了西贡，神父们在码头上等我们很久，而且他们说绝对安全，我们就上岸了。

　　上了岸果然很好玩。郑神父有自用车有司机，开了车带我和另外一位女同学到处去玩。下午再和另外一位神父会合，去吃越南饭，吃冰淇淋。郑神父很搭牛神父的情，到了哪里都把我举出来介绍给别人，并且告诉我，我没来时，已经有好几个人知道我，并且猜想，如果我是蒙古人的话，那就一定是爸爸的女儿了。

　　果然，在鸣远中学遇见了丁慕南先生，郑神父很开心地向他介绍我。他马上说："我怎么会不记得，我怎么会忘，你父亲是我们最年轻的参议员，那时谁不知道，最年轻的参议员！"看他那样兴高采烈地向别人介绍我的父亲，我心里真高兴。我有一个这么出名这么威风的爸爸，在这么遥远的地方听到别人这样想念他，我的脸上不知道有多光彩。郑神父也好像与有荣焉的样子，又带我到自由太平洋月刊社去拜访张作义先生。张作义先生看到我也眉开眼笑。说接到您的卡片了。并且问候您。还提到他的哥哥，张维笃主教。本来还可以多谈一些（他说我听）。可是别人要去吃越南饭了，只好向他辞行，他一直说等会儿再来，大概以为晚饭后还可以聊天。谁知道一吃吃到十点钟，只好回郑神父家去睡。第二天也来不及去见他,只好请郑神父替我问候一声。现在,爸是不是还和他联络呢?看样子他很寂寞,妻小都留在大陆。

好了,西贡之行差不多就是这样。我们第二天一早还去转了一下,西贡很宁静。不过看了很多以前发生过恐怖事件的地方。比如晚上坐车经过总统府,想到在绿木葱茏的围墙后面曾经发生过那样恐怖的事,真让人不敢对权势作任何想望;在大教堂前,神父指给我们看僧人自焚的地方;在市场前,雕有一个女孩子的胸像,是反抗吴廷琰示威时牺牲的人;等等。在宁静的表象之下,有许多我不知道的黑暗记忆。

离开西贡,船行到新加坡,因为前一天晚上发生了种族间的冲突(马来人、中国人、印尼恐怖分子),因此全市戒严。我们全船的旅客除了到新加坡下船的以外,其他的人只能在码头上走一走。

然后就往锡兰的科伦坡走了四天。大风大浪,浪远远近近都起了白头了。郑神父告诉过我们,这时候的印度洋风浪都大,因此差不多的旅客都被整惨了。饭厅门可罗雀,只乐了我们这些不晕船的,餐餐可吃苹果,享受最佳招待。

到了科伦坡,十二个中国学生(有到德国、奥地利的)三女九男浩浩荡荡开下船去。第一句问别人的话便是:"请问中国饭店从哪里走?"

到了饭店,餐单来了还没来得及看,听我们女生说要鸡丝炒面他们也要，说要蘑菇汤他们也要，吃完一碟，他们还要蛋炒饭，吃完蛋炒饭还要那个山东老板做几个中式三明治拿到船上去，真是好笑！

幸好锡兰钱便宜，一块美金官价四块多卢比，黑市可以卖到十七块，我们一人换了一块美金。吃一顿饭才花了三块多卢比，巧克力糖一包只要八毛卢比。因为听人说从孟买以后，风浪更大，因此每人都买了一点干粮。

锡兰的叫花子很多，乌鸦满天飞。一上岸就让人觉得很奇怪，乌鸦的叫声又大又难听，飞得又低，很恶心。有一个披头散发的人来做我们的向导，尽带我们走破街窄巷。有两个男生去理发，进去说好理一个头一块卢比，出来开口要一人三块，本来还想和他们讲价，结果一大堆人就围上来了，吓得他们两人一人丢下三个卢比就跑出来了。结果其中的一位，在回程上一直嚷着要我们小心自己的口袋。最后，嚷着嚷着他发现自己上衣口袋的派克 21 钢笔丢了，给人扒了，他就不嚷了，我们就安安静静地回船了。

从科伦坡到孟买，风浪较小。但是印度人不让我们上岸，并且把我们的护照都扣留了起来。船是 11 号上午到的，12 号中午开，算是个大站了。我们气得要命，但也没办法。谁知道，第二天早上在我们吃完早饭，走到甲板上的时候，两个越南神父就过来向我们说："我想，你们可以下去看看，用我们的通行证。"当时，我们吓呆了，没想到这小神父竟然如此妙想天开。

他一看到我们高兴了，他们两人（有一位大一点儿的神父不赞成，他们两人不管）就下去给我们找到六张越南人的通行证。两位小姐，一位太太，两位神父，一位先生，潇潇洒洒走下船去。船下的官员地方警察，看也不看我们的证件。走到码头大门时，岗警问我们是不是越南人，我们说是，就这样简单，我们就走上印度的街道了。

比我想象中干净。我们有一个小男孩做向导，在街上转了两个钟头，我买了一盒肥皂粉，几张明信片，十六根小香蕉，三个大苹果也是花了一块美金（六个印度卢比）。在街上走时，心里确实紧张，因为我们这算非法入境，抓住了不得了，所以后来每一个人都赞成回船了。

回到船上，才放下心来，下次再不冒这个险了，心里慌得很，也没什么好玩。本来不敢告诉你们的。因此，妈妈别生气，以后不敢再做这类事了。可是，我应该把每一件事都告诉你们听的，对不对？

从孟买以后，风浪又大起来了，看上去海面很平静，但是暗流很厉害，把船抛上抛下的像玩跷跷板一样，感觉好玩极了。

坐在饭厅吃饭，全体会一齐发声惊呼。因为一下子升得好高，一下子掉下来，一下子往右倾斜，刀、叉、杯子统统滑到地下去，一下子又往左歪，让你扶都来不及扶……

暗流不像普通海浪，只让船做两个方向的摇摆。它好像是让船扭动，不规则的，好像在跳扭扭舞。从开始我没吃过一片晕船药，但是这个时候不行了。在船头熨衣间熨了几件衣服，把我的胃都要颠出来了。赶快回房吃了一颗晕船药，蒙头大睡，睡醒就好了。

从明天到 Djibouti 之后，船就进入红海到 Port-Said 去，就再没风浪了。现在，船身已经不像早上摇得那么厉害。因此，我可以向你们说，我们已经经过考验，从此去以后，将是风和日丽的日子，请你们放心。

今天早上，我们借来男生的录音机在房间里玩，开始什么怪歌都唱，又笑又闹。后来就剩下一支歌的位置了，我提议唱可爱的家庭，每个人都赞成。但是，唱到中间，每个人的眼泪都掉下来了。歌词中描写的，一点不错，正是我最亲爱的家，每一句都和我家中的景象吻合，怎么以前唱的时候，一点也不觉得呢？

我一面流泪，一面心里是高兴的。我到欧洲以后，一定比以前在家的时候，更能做一个席家的好女儿，我深深相信这一点。

想你们，想得不得了！

老三 9月15日于印度洋

第九封信

亲爱的家人：

　　接到爸 9 月 7 日的回信时，已经是晚上了，船刚开到苏伊士运河的入口——苏伊士港。我原来以为不会有信的，就待在甲板上，等着过了运河后在 Port-Said 才会有信。可是一位男同学把信给我拿到甲板上来，我高兴极了。

　　虽然爸爸在信上说我粗心，我听着比什么时候都服气，我是粗心，可是，在上一封信里，我已经把很多事向你们报告了。原来要在 Port-Said 寄出，已经把信封好了。但是别人说埃及人不可靠，会把邮票撕走，不帮你寄。因此，为稳妥起见，我决定把这封信在巴塞隆纳[1]寄出，所以你们要同时读到我的两封信了。

　　现在，言归正传，大姐已决定，我要先到慕尼黑去了，同时沿途该注意的事也一一告诉我了。同行已有三个人，行李随身走，所以你们可以放心了。

[1] 大陆译为"巴塞罗那"。——编者注

我发现，我现在所有的一切，都是家里人的功劳，除了姥姥妈妈常年的照顾，爸爸时时刻刻的注意、引导以外，连姐姐、妹妹、弟弟都对我有很大的影响。我这一个人，是全家塑造出来的，我现在所能拥有的一切，是全家每一个人都出了力的。

哎呀！我的舌头真笨！我原来以为我很会说、很会写。但是我现在发现，我既说不出，也写不出。今天早上，地中海上阳光很美，坐在甲板上，我发现，我以前的学识都是肤浅的。要面对现实，就一定要用功才行。我法文虽然不好，但我并不害怕，因为只要给我三个月、六个月，我一定会克服这个困难的。

爸说的话很对，我不能永远自我陶醉，我的东西差别人还差得远呢。幸好我现在是去向别人学习，只要认真，总可达到目的。

一切将来的光荣都要归于您、我的家庭。爸，记得吗？我在大四时系展得了两个大奖时，不是第一件事就是想到回家告诉您吗？以后一定也是这样的。

我们现在时间上已和你们差了七个钟头了。我吃中饭的时候，你们已在吃晚饭了。明天船就到巴塞隆纳了，后天就到马赛，我已发信给谢神父向他解释，我可能在慕尼黑待上四五天，然后才去布鲁塞尔。好想早点见到大姐，今天倒怪想她的。

你们接到我每一站发的 Postcard 了吗?

想你们。

老三　1964 年 9 月 23 日

又及:

我一直记得,在黑夜里的甲板上,静静看着船驶入地中海时候的感觉。那样安静的一个晚上,亲爱的家人,我,除了想念你们之外,别无他虑。静静地看着船驶入地中海,海天有分际,却又是极为安静的分际。

第十封信

亲爱的家人：

　　已于今晨安抵马赛，鹿神父前来接船，一切手续均已办妥。车票买妥，行李随车运至慕尼黑，故沿途换车不必管三大件行李了，到了慕尼黑时凭收据至车站领即可。我准备到时打电话通知大姐，或自己坐车去她宿舍，一切均是照她信中吩咐所做。今晚 7 点 28 分车开，明晨 8 时 15 分到 Strasbourg 换 11 时 23 分直达慕尼黑之车，下午 5 时 40 分抵达。一切顺利。鹿神父帮忙太大，我已转致您的问候。同行只有一位中国同学，不过行李问题解决，就不必担心了，替我高兴吧！傻人有傻福。敬祈主佑。

蓉蓉　1964 年 9 月 25 日下午 5 时

第十二封信

亲爱的家人：

　　终于可以安心地坐下来给你们写信了。

　　我是 10 月 4 号晚上离开慕尼黑的，在德国八天玩得很开心，住在姐姐的宿舍，还和她的好友们去了啤酒节。10 月 5 日早上到布鲁塞尔，坐火车，谢神父和另外一位男同学来接我，先到宿舍，是一个很干净漂亮的粉红色五层楼房子，楼下是会客室、饭厅、康乐室等。我住第三层最左面一间，房间不大，但是很干净、很精致，很新，很明亮。有一面整个墙壁是一大块的窗户，打开窗子可以看到下面的大花园。暖气、洗脸设备装在房间里，平常是像衣柜一样，打开里面有很大的镜子以及冷热水的供应，房子每天有人打扫。

　　好了，谈到学校了。谢神父在 10 月 5 号看完宿舍，东西放好已经要 10 点了，就带我去学校报到注册。交了五十比朗的费用，然后就要我拿着两张单子去见教授考试。当时没想到是考什么，因此我就抓住谢神父不放，要他去替我翻译。结果带我们去的助教就一路走一路笑，并且问神父："你去做什么？"神父说："我去当翻译啊。"他回答说："画裸体画大概不需要翻译吧！"哈！可怜的神父，弄得进退两难。站在教室门口，出来一位年轻的教授，告诉我们，这是个入学考试，需要八天，画人体素描与油画。等八天之后，才能知道程度，按程度来决定我该进哪一年级。当天因为我用具都没带，人又是坐了整晚的火车，怕会累，便决定第二天再来。

第二天星期二早上在9点差一刻时到了教室，已经生好火了。一间教室有两个模特儿，好神气啊！虽然大楼很旧（比慕尼黑音乐学院大姐的学校是比不上了），但是仍然占地不少。想我们师大艺术系只有一层楼，一个模特儿，和人家比，差太远了。

但是感觉上还是很熟悉，因此，一把画板、纸摆好，对着金发碧眼的模特儿，就和对着台湾的林丝缎小姐一样，本人大笔一挥就画起来了，心中毫不紧张。因为就和上素描课一样。画45分钟，休息15分钟，所以，9点上课，11点三刻第三堂下课，没有打钟，只有助教算时间。

下午2点上课，没有模特儿，只有静物让我们画油画，到5点三刻下课，也等于三堂课。但是，没有钟声，很容易一坐就是三个钟头，刚开始时，教室里人很多，我在休息时浏览了一下，发现有的很差，有的很强，吓了我一跳，那功夫可是真的很深，让我不得不佩服。好吧，只要你让我注册，到哪一年级都无所谓吧。

因此，我就每天上午去画，中午回宿舍吃饭，吃完饭马上又来画油画。教授只来过两三次，问我从哪个学校来、哪里人，如此而已。

到了星期五早上，我问那位年轻的教授（或助教）我还要再画几天素描。他说星期一教授就来决定了，因此就画到星期六为止。我说你本来不是说八天的吗？现在我只画了五个早上、三个下午而已（星期三、六下午没课），没画完啊！他说，画好了就行，不必画完，教授只是看程度而已。

于是，星期一早上到校，枯候教授一小时，他老先生来了，横扫全场一周，便算暂时决定每个人的命运了。有一部分人要随班复读，每天傍晚再补习，三个月后决定能否准予进入一年级。而我们呢，则被准进入皇家艺术学院做正式学生，三个月后再决定升班入三年级或二年级。所以，我现在是一年级的学生。等于摆在我前面的，是一个长达三个月的考试，这个可从容多了。不过教授又出了两个题目："收获"和"移民"，要我们两个星期交卷（画一张画）。同时每星期六早上9点半到10点半去听一堂服装的历史（Histoire du Costume），我想试着去听听看是啥玩意儿。

这封信从昨天写到今天，就为了等这个答案。对我来说还没有答案，只是入学了而已，但是宿舍的女孩子都恭喜我，也就算是正式学生了。

妈和爸的放大相片就放在我桌上，一开门就看见你们二位亲亲热热对着我发出赞许的微笑。现在在桌上写信时也对着，我是幸福的女儿。

蓉蓉　1964 年 10 月 12 日

第十三封信

亲爱的家人：

上封信有个极大的错误，我必须要更正。这错误是由我们班上那位年轻英俊的助教造成的。昨天，星期一，我和一位女同学一起问教授，关于我们要在两三个月后升级与否的情形。结果教授说："你不是一年级，你是二年级。并且你是二年级里面最好的。三个月之后，我要考虑是不是升你到三年级而不是升你到二年级的问题，你本来就是二年级了。"

可是，我的学生证上是一年级，原来是助教弄错了，他马上帮我改正过来，并向我致歉。可是害我已经做了一星期的一年级了。

教授的画，我已见过。作风严谨，色彩明朗，甚得我心，甚合我意。同时，此公来头不小，是艺术学院两任院长，年老退休为荣誉院长，作品被博物馆收藏。因此，傻人有傻福，竟被我碰到了。今早又跑来我油画旁边夸了我一顿，本人七年功夫没有白费啊！

同时，我发现，比国学生有很多生活得很苦。而我不愁吃、不愁穿、不愁住，功课又跟得上，真是留学生最好的境况了，所以一定要好好用功才行。很多人一出来就改行，我想，我还是要坚持画画才对。

今天先写到这里。最近有点贪睡，总是听不到闹钟响，哈哈！怎么办？

爱你们，给你们每个人一个大大的 kiss！

蓉蓉　1964 年 10 月 20 日

第十五封信

亲爱的家人：

终于接到你们的信了！真是要三呼万岁！

一封华华的，一封爸爸的，都已先后收到。走在街上，心里平安极了！什么东西都有兴趣观赏。前三个星期，开始还好，后来那几天简直坐立不安，吃也吃不下，睡也睡不好，随时随地，总想着你们。独自一人时，简直不知道做什么才对。一颗心老不在它原来的地方。你们真是非要等到我的信到了才回吗？

现在先回爸爸的信。我的好爸爸，我真喜欢看您写的信，那么整齐、神气和亲切。是不是又写到早上3点钟才睡的呢？我看了一遍又一遍，每次都忍不住热泪盈眶。早上在教室里又拿出来看一遍，结果，倾盆大雨，一个人在画架前面一面哭一面画。教授不知道，从我背后走过来和我讲话。结果，一看我的眼睛时，他吓得不知所措，胡乱说了几句就走了。我又好笑又想哭，真是没办法。

他明白我的心情，因为他后来常向我谈到我的家、我的故乡等等的闲话，他实在是个慈祥恺和的老师。

你们对我的成绩这样高兴与惊讶，真是让我也又高兴又惊讶。高兴的是你们为我感到快乐，惊讶的是你们从前那样瞧不起我？

好！现在让我再向你们报告一点：在我第一次 Composition（构图及自我创作）的分数经三位教授评分的结果是八十八分。那一张作品被我的教授要求留校，如今已悬挂在皇家艺术学院的教室墙上有三四天了。

教授请来的另外两位教授（他帮我介绍了，一男一女），三番四次翻看我的画。（我在教室里已经画了七张了，四五张是完成的）。一位女教授走回来三次看我的作品，害得我不敢抬头。

爸爸，请您放心，我不会骄傲的。其实，教授越看重我，我心中越害怕，越加兢兢业业。除了增加一些自信以外，并没有别的影响。

从小，我都不够努力，我只是出了十分之三的力气，便得到好的成绩。现在，我想做到十分之十，看看是不是能得到更好的。

说实在，我的画自己一点也不满意，和我心中原来想画出来的差得太多。我并没有完全表达出来。现在，给我这样一个良好的学习环境，我应该好好给自己加油才是。

同时，我并不是二年级第一名，还有一个人比我多两分，九十分。除我们两人以外，其他人都在八十分以下。因此，我还有得追呢，还是有人比我强，我怎么敢得意呢？

我上午下午都按时到校上课，上午画模特儿，人来得很多。下午没模特儿，很多人都不来了，说自己在家里画（学校允许的）。有时教室内只有我和另外一位男同学和助教三个人，冷冷清清。画得累时，或者烦时，我就拿出爸爸您的信来看，马上就可精神百倍地恢复工作。我实在是要真正地乖乖地好好地用功才行。

从小到大，我的爸爸总是叫我别骄傲，总是说我并不比别人强。以前我最气的是这个，好像爸一点也不稀奇我，好像爸永远在给我浇冷水。到现在，我才明白爸爸教育的成功。

前两个星期，到使馆一位太太家去做客，她和我谈天时，知道我是学画的，便说了一句："你父母一定很疼你，很重视你。"等她再知道大姐学音乐、二姐学文学，她便大声地说："你有一个伟大的爸爸，一个伟大的妈妈。"我以为她只是随意说说而已，可是她继续说下去，"你们的父母注意到你们的兴趣，而能自幼培养，辅导你们，又让你们自由发展，这需要多大的耐心、多大的牺牲、多大的注意力。多少的时间、多少的金钱还在其次，最主要的是要有多大的爱心与完全的不自私啊！我教中学教了许多年，和学生家长相处相识了很多，像你们这样的家庭，这样的父母，真是难得和可贵呀！"

这些话正说到我心底深处，从离开家后，很多平时让我生气的话和动作，如今却慢慢领会到其中的深意和苦心。我实在是生长在一个幸福的家庭里，从现在起我一切都是为了讨你们的欢心而去做的。我不敢有一丝一毫的骄傲，我的光彩来自父母给我的爱。

大姐叫我不要太快毕业，要我从二年级读起，用两年的时间来学习才对。以后要再学什么可以尽量争取，我觉得是对的。

现在已经是半夜一点钟了，华华的信明天再写。从这星期开始，9 点钟以后，学生就进不去学校了。哈！想不到比师大还严厉，所以我们下次再谈。请您告诉我，关于办爷爷二十周年的详细情形好吗？

想你们，敬祝快乐！

蓉蓉　1964 年 11 月 9 日

第二十四封信

亲爱的家人：

　　好想念你们，尤其是大姥姥，一定要把这封信去念给她听，好吗？应该是弟弟去做了。

　　学校从 4 月 4 日开始放到 21 号。4 月 5 号，星期一，一早 9 点钟，我、张伟宁、丁肇莹、刘海北、丘林华，三个女生两个男生，组成一个自行车长征队，浩浩荡荡向郊外出发。整个早上，我们遨游在春天的树林里。

　　天气好得不得了。记得吗？很早以前，我便向弟弟说：到春天来时，我要骑车去树林里玩。虽然以前在台湾也常骑车郊游，但情形大不相同。

　　欧洲的树林是最迷人的。地上还铺满了去年秋天的落叶，但树梢上初生的嫩绿已明亮如酒。小河流动得轻而且快，骑在参天古木夹道的小径上，春风迎面吹来，春风迎面吹来，畅快极了……

　　在一个小山坡上，有一座很老很老的教室。我们把脚踏车就扔在坡下的草丛里。太阳那么好，爬上山坡，在教堂外的草地上坐下来。小草有着清香，风很轻柔，可是，我的家却离我那么远……

在温暖的山坡上，我的心飞向你们。可是春天就在此刻，我等了那么久的欧洲最可爱的春天终于来了，大自然最好的面貌第一次呈现在我的眼前。我愿意此刻读信的你们，可以同时分享我此刻所感受到的这种闲适、温柔、甜蜜而又带着少许悲哀的欢乐。

可是，我亲爱的家人啊！写信给我吧！哪怕随便涂几个字也好，我都要。我不敢有一丝一毫责怪你们的意思。可是，从 3 月 1 号接到爸爸 2 月 24 号的信后，到今天没有接到一封写给我的信。今天，已经 4 月 12 号了，每天早上把我从床上叫起来的，除了闹钟以外，便是早上 8 点钟那班信可能有你们的消息的念头把我从床上拉起来。一天又一天，已经一个多月了，你们在做些什么呢？告诉我一些你们的近况好吗？如果邮筒有太多空白，我只要求你们寄一张风景明信片就够了。一方面空白容易填满，一方面我还可以给同学看看中国风景！

整个复活节假期，我哪里都不去，准备留在家里了，可好我的教授给了我们一个新的 composition，4 月 28 号交件，题目是 le printemps 春天。正合我意，我要大忙 阵了了！

祝大家快乐！

蓉蓉　1965 年 4 月 12 日

第二十六封信

亲爱的家人：

这是我五月份之前的成绩，呈给爸爸和妈妈。我还记得在香港，小学三年级时做假成绩单的事。但现在，我一点也不必造假了，我亲爱的家人，一切都为了呈献给你们。

怎么向你们描述我的高兴呢？今天早上，是第五次composition评分的日子，来了五位教授。他们在我的作品前站立时间的长久，以及评审的热心、点头的次数，让躲在画架后面偷看的我，脸都红了。哈哈！别以为我在干吗，所有的同学都躲在自己的画架后面偷看教授的一举一动。我的老教授一下子把我还没画完的静物也拿过来，一下子把我那张《笛》举过去，整个三个年级评完分后，五个人又跑到我的作品前站半天，端详良久，然后才离开教室。

我和玛利亚（希腊女孩的名字）平时很合得来，她喜欢我的画，我欣赏她的。两个人坐在一起时，安特烈走过来说："我真羡慕你们两人。"玛利亚高兴得叽叽喳喳，而我只是安静地坐在一旁，心里想着你们。我亲爱的家人，我又为你们夺了一个第一了。我无法向你们描述我静静的喜悦。

当然，分数是次要的。但是，在公平的竞争之下得胜了，自己辛苦工作的结果受人重视了，无论如何，总是令人高兴的一件事。也许是我的涵养还不够，但是，向家人报告的话，总不会笑我吧？

我曾经向二姐说过，终于有一面生活可以站在所有人的前面不必低头了。别的也许我不如人，但是关于画画，我可以自己对自己负责了，这并不是容易的事呀，是不是？

先写到这里。把这封信寄出，是我企盼的事。

祝全家快乐！

蓉儿　1965 年 5 月 3 日

第二十七封信

亲爱的爸爸妈妈：

我自己都不觉得，怎么又是一个多月没写信回家了呢！真该打！上一封邮简也写得乱七八糟，爸爸猜的理由都有，搬家、考试、大姐来比京，不过，男朋友一事却没猜对。我还真没碰到一个喜欢的呢！

学校考试结束，现在正在准备期末展。我们学校一年只有一个学期，学期中，闲人免进。学期结束开一个大画展，请外人来参观。

今天早上教授来选画，我被选了六张，一个人占了半面墙，比师大开毕业展还过瘾。教授给了我一个最好的位置，同时说如果能多出空位的话，还可以展我自己愿意的小张的画，反正这半面墙是给了我了。

到画展那天，我也要请鲁汶的朋友们来。但是我不可能得奖，因为所有的奖都是为比国学生而设的。希腊女孩玛利亚气得要命，说他们小气。（因为这个学院是国家设的，所有的学生不必缴一文学费。我觉得他们如此做，也是情有可原的。）

我倒不在乎。因为，只要我自己学到本事，画得好不好已有公论，教授给我的分数，超过三年级的第一名，我也可满意了。

现在，好位置还是让我占了，我展出的六件数已是最多，而我还可以随自己意思加添一些，因为教授说："你值得。你这一年工作是进步得最快最好的。"为什么呢？因为我实在是用功了。展览前，每人要把一年来最佳作品陈列出来让教授挑选，我一选就选了十二张呈现出来，阵容浩大，声势吓人。教授说："最困难就是选你的，因为你每张都有特殊气氛与长处。"他说我和玛利亚是两个"艺术家"。并恭喜我的已逐渐"成型"的画风。爸妈，我这一年功夫没有白费，请相信我。

展览定在6月26、27、28三天。我已发请帖请了有关人等，并且也口头上邀请了很多在鲁汶的中国学生。我说：学院里就我一个中国人，你们一定要来捧场才行。但是他们要考试了，能来的一定不会多。

前几天，张维笃主教的弟弟，从越南到欧洲来看他哥哥，顺便到几个国家逛一逛，在鲁汶停留一夜。我在越南见过他，我们相谈甚欢，他要我问候您和妈妈。

昨天，瑞士给我奖学金的神父来比京开会，与我见了一面。他送我一包巧克力。他说："我很小的时候，父母常给我买这种，我最爱吃。这次，我到比京来，不知道将要见到的你是个小女孩还是大女孩，所以，我带这一包糖来，希望你也爱吃。"

他是个身材不高的老年神父，对我神情极为亲切，让我很感动。

他说：我是他的第十五个小女孩（在他们奖学金资助下第十五个中国女孩）。他对我的功课非常满意。还说别太用功，身体健康很重要。这是我第一次与他见面。

再前几天，张大千到欧洲来（他住巴西），我也见到了。杨英风从意大利来，我也和他谈过几次，都在文化参事处。也就是傅先生和傅太太的家，他们对我很好，有什么事都要我去增进一些见识。

前几天他们夫妻带我去比利时的海边去玩，在沙滩上捡石头，忽然想起了好几个海滩。浅水湾、梅窝、长洲，那是属于香港的。然后是花莲、金山、大里，那是属于台湾的。海和天的蓝和沙的白和回忆中的欢欣，好像一个错综复杂又互相映照着的万花筒。而今天，我却在海边，比利时的海边捡拾着贝壳，多么不可想象的世界。

先写到此，要赶快去寄信，下次再写……

祝大家快乐！

蓉儿　1965 年 6 月 20 日

第二十八封信

亲爱的家人：

我以欢欣的心情向你们报告好消息！

学期考分数公布：我得了九十八分！亲爱的家人，九十八分！不单是二年级的第一，而且超过其他年级。三年级第一是九十五分。二年级的第二是九十分。一年级的第一好像是八十多分，我与第二名之间相差八分之多。同时最主要的是，已经有很多年了，没有人在学期考试时得到过九十八分的。

今天下午三点，全体教授到我们画展会场来评分（画展已完全布置好，我有八张画参加展出）。四点半，评分完毕，才准学生进入会场。我是从鲁汶坐火车赶去的，准四点半。

一进会场，已有很多同学在里面了。助教第一个对我说："恭喜，你得了最高分。"同学都向我恭喜。助教又很严肃地说："不简单哪！好久都没有人得到过这样好的分数了！不是常常都能有这种情形的。"

我已经欢喜得脸都红了，也来不及问他评分时的情景。这简直是不可想象的结果！我是全会场的第一，也是全系的第一。

我已发了信与请帖，请朋友们来参观我的画展。现在的我是轻松了，会场布置好了，分数公布了，亲爱的家人，我要好好照几张相片给你们，为我高兴吧！

蓉蓉　1965年6月24日

今天，画展开幕。请的朋友都来了！有使馆来的人，也有华侨，二十九个中国人，衣冠齐整来捧场。同学们都看呆了！我也没想到大家这样爱护我。

傅先生、刘海北、尚老师三人三架照相机，镁光灯不住地闪。然后我的教授过来向我道贺，他对我说："这是我们学校第一次给学生九十八分。"后来，布鲁塞尔市长也来了，教授一直对我夸奖备至。郭参事高兴得哪儿也不去，就站在我的画前不肯走。

教授对他说："督学向来反对给学生高分的，但是这一次他完全同意。"郭向他谢谢他对我的照顾，他说："你该谢谢你们这中国女孩的用功。"

教授说："真可惜！我们不能给你奖金，但是，你这个成绩是一个空前的纪录，我要再向你致以最诚恳的贺意。"我感谢他，并且也谢了助教，还都与他们照了相。洗好后马上寄给你们。这真是我梦想不到的成功，我快乐极了！

昨天文参处替我发快信到伦敦的"中央通讯社"，要他们打电报回去，也许在我信到时，你们已经知道了。可是我要把一枝一节都向你们报告。我能在外国的艺术学院里获得如此殊荣，在场的中国人比我还神气，比我还兴奋。我对他们都很诚恳地说谢谢。有中国人来，都去欢迎；有人要走，都鞠躬相送。

我知道自己要谦虚，那么多人都在注视我，尤其教授两次三番带人过来介绍我的画时，他讲得天花乱坠（他今天真奇怪，一点也不吝啬的把一切好的赞语都送给我）！别人看我的眼光在那时还真让我几乎撑不住了。

画展开幕式比我想象的更为光彩，亲爱的家人，你们知道了，该有多高兴！

我一直在人群中想着这个念头，你们该有多高兴呢！

拥抱你们！我亲爱的家人！

蓉蓉　1965年6月26日

又及：

趣事一则：前几天为了暑假要去德国的事，向学校秘书处申请在学证明书。但是，那位女秘书说："要等期末考试评分之后，才能发给你，因为，你如果通不过考试，就不会有在学证明书。"

好！她说得有理，我就一句话也不说向她鞠躬退出。

这个星期五，早就考完试了，也评好分数了，我又进入她的办公室。她看我来，就开始打开记录簿查我的分数，我一声也不出地站在桌前，忽然间，她惊呼起来："你得了第一？"

我也马上笑出来了。这个秘书人很好，有时在校外看见我也和我打招呼，但是彼此很少交谈。她大概有四十多岁了，瘦瘦的中等个子，金发，脸上戴着一副金丝边的近视眼镜。此刻她也笑了起来，脸红红的，还连声惊呼，向我道喜，一直说："Formidable！"

我的心里很快乐！

第五十一封信

我亲爱的家人：

让我拥吻你们，我亲爱的家人！

我，一个中国女孩子，又以九十八分的成绩得到了第一名。1er prix avec la Plus grande Distinction et 1er Prix de Maîtrise。

就是说：第一奖与最高荣誉奖（像去年一样），然后还有第一 Maîtrise 奖。这是一个正式的大奖，从来不给外国人，但他们终于给了我。因为，给了外国人就没有奖金，只有荣誉。可是，这一次七位评审团的评审情愿不要奖金，而把这个奖颁给了我。Maîtrise 的意思就是"权威、卓越"或者"技艺高超"之意，我得到了这个荣衔。

我亲爱的爸爸该放心了吧？的确，我自己也松了一口气了，我终于以理想的成绩毕业于皇家艺术学院了。去年您告诉我的话我一直没有忘记。一年来，我也常提醒自己，尤其在画展布置完毕、静待评审的这两天来，我真有一点儿担心。我对自己的画虽然有信心，教授也一再给我提示，我仍然害怕（私下的）。我怕我分数比去年低，我该怎么写信回家呢？

今天下午4点评分结果揭晓，我从宿舍走到学校的路上心里真有点提心吊胆。走到一半，忽然大雨倾盆，打着伞但鞋子却湿透了。我身上穿得整整齐齐一套蓝毛线呢洋装（大姐去年送我的），表示对考试的尊敬。此地规矩，参加考试一定要衣装整齐，女孩子最好要化妆一下，最起码擦点口红，表示对考试的重视和对教授的尊敬。快到学校大门时雨下得更大。这时一辆车驶出学校大门口，一个女孩子从车窗伸出头来向我大叫："恭喜！第一奖！"

我一看，是个并不认得的别班的女生。我看她笑容满面替我高兴的样子，我也向她道谢。进了大门，很多学生在拱廊下避雨，大家都向我恭喜！有人说："Prix de Maîtrise！"有人笑着与我握手，有认得的，也有不认得的。

我这时拔脚向楼上教室直奔而去，同学们在里面，都伸手恭喜我。助教正在填分数预备公布，我先看到总平均九十五分，然后考试成绩九十八分，好极了，我放下心来，可以笑了。

再仔细地看了我展出的十二张画一眼，然后便准备告辞回家了。助教说，教授们在学校附近的一个咖啡馆等我们去庆祝一下，一起喝一杯。于是，便和几个同学一起去了。

一进门，教授们已在座位上看到我们了。我的教授Léon Devos过来向我拥吻致贺，我很诚恳地谢了他，然后走到同学群中去。可是教授又把我叫回来，要我坐在他太太旁边，和别的教授们谈一谈，于是一直坐到六点钟。同学们陆续来，陆续走，我也终于起来告辞了。和他们道别，约好星期六画展开幕式时再见，便在他们的祝福声中告辞。回程时一直想着你们。

回到宿舍，宿舍的女孩子们也都在等我的消息，她们也都替我高兴。我一直向同学、教授和朋友们说，我要马上写信回家，他们也都说，你父母一定为你感到高兴。那时候心里没有别的感觉，可是，一进房门，看见了亲爱的你们的相片，我的眼泪不自觉地开始流个不停，我哭了很久。这两年来，说实话，心理和身体上都没有受到什么痛苦。可是，在这一刹那，却有一种无限辛酸的感觉袭来。亲爱的家人，对你们的思念和对这离家之后的回顾，又哪能以这一点分数来安慰呢？

我默默地流着泪。但无论如何，我没有辜负爸妈的期望，我终于能给你们一点快乐了！

敬祝全家平安康泰！

蓉蓉　1966年6月21日

第五章 原乡的课堂

原来,这座高原,表面上虽与我是初遇,却绝对是生命最深处那灵魂的旧识。

郎世宁的《八骏图》

知识的求取过程，有时当然是需要刻意而为，兢兢业业。不过，原来最大的快乐却是在无意之间获得的。

2015 年，为了纪念经历康熙、雍正、乾隆三朝的意大利耶稣会修士郎世宁（Giuseppe Castiglione，公元 1688—1766 年）来华三百年，故宫特意举办了一场展览，以"神笔丹青——郎世宁来华三百年特展"为名，展出了许多难得一见的作品。我去了三次，每次都舍不得离开。还记得有一次是和内蒙古阿拉善盟的诗人恩克哈达坐在那幅大小与真马相似的进贡名驹"雪点雕"之前，久久无语。不是没有感动，反而是觉得自己和面前这匹骏马有许多感觉正在互相交换。这时候，年轻的恩克哈达忽然低声告诉我："我觉得这匹科尔沁的马在向我说话，说它想家。"

郎世宁的工笔写生绝非只是表面的摹写而已。技巧是必备的利器，可是画家本身有一种超出常人的真诚和悲悯，因而使得他的写生几乎就是对观察对象内在神韵的把握和再现。有时候不得不受困于古老中国某些固执的美学要求，但单纯地只要画马或者画花的时候，郎世宁的表现就完全不一样了。

就像他画的那张直幅的《八骏图》（纵139.3厘米、横80.2厘米，轴，绢本设色），也是如此。在2015年那时展出的现场我就特别喜欢。然后前两天忽然想证明一件事，才把画展时特别印制的厚达四百多页的画册拿出来，翻到第37页和之后的38、39两页的局部放大图仔细端详，不禁欢喜地笑了起来。不得了！郎世宁大师的写生功夫实在太惊人了！李景章的追踪摄影也太了不起了！让我实实在在地上了一堂课。当然，还要感谢青格勒，让我每年都可以去他的草原上观察马群，跟在它们后面慢慢去搏感情。有时候那匹灰白色的杆子马会赏脸与我合照，也肯让我牵着它走上一小段路……我从2014年夏天加入的这个"短期特训班"是圆了我的梦想，可以多认识一下马群的家庭生活，却没想到还给了我一种能力。如果故宫再展出郎世宁的这张《八骏图》的话，原来在2015年11月的时候只知道画面上有八匹"马"的席慕蓉，现在或许可以为一起前去观赏的朋友仔细解说了：

"请看，这八匹马代表了各种不同的生命状态，但是它们彼此是在同一个家庭里面。这个家庭里的成员绝对有更多更多，不过郎世宁只抽样展示而已。或许这样的画面构图也可以成立，这八匹年岁性别各异的骏马刚好是或坐或立地处于群体的边缘。

"先看画面左方最后面只看见侧身瘦骨嶙峋的是一匹老年骒马,吸收营养的能力很差,应该已经有二十多岁,是迟暮的年龄。而被其它六匹马环绕,处于构图中心的是匹尚未成年的马驹,一般称为又多添了两三个月的'二岁马'(出生十二个月后,即称"二岁马")。它的好奇心很强,又还离不开母亲。所以我猜想它正注视着的那两匹彼此互相摩颈抠痒又嬉戏的一白一赤的骒马,其中之一可能是这匹胸前有花斑的马驹的母亲。

"至于这两匹嬉戏中的骒马,可能是闺蜜,但更可能是姐妹。同父异母,同年出生,从小就玩在一起。因此,三岁发情被父亲赶出家门,嫁到另外一匹儿马(即种马)名下之后,两姐妹也没有分开,依然同出同进,依然延续着从童年就开始的亲情和友爱。(请注意,马的伦理观念极为强烈,严守近亲绝不通婚的原则。所以这种天性使得家族的后代无论性格智慧体魄健康都保持绝佳状态。)

"这幅画里有八匹骏马,我们已经介绍了一老一少,以及两位出嫁了的女士。现在还剩下四位了。

"首先,再让我来介绍那两匹在画面的左侧和画面的右前方完全背对着我们的骒马好吗?左侧的是匹黑鬃黑尾的枣骝马,右前方的那匹是花斑马,我为什么如此确定它们都是骒马呢?是因为郎世宁大师已经以精确的线条标示出这两位已是'孕妇'。马的怀胎期是十个月多一些,受孕期从夏到秋,我想这段时期可能有许多差异。青格勒的骒马多在 4 月初之时到 6 月中下崽（生产），我却也在蒙古国亲眼见到一匹骒马生下了它的孩子，而那天已是7月16日了。恐怕这里面还有许多值得探讨的知识吧。

"至于胎儿的父亲是谁？画面上只剩最后两匹马了，刚好这两匹马都有马夫在旁。一匹在后方，毛色可说是绝美！黑白两色的鬃毛，身全黑而尾全白，四蹄又皆白，真是难得的绝色。我首先排除它是儿马（公马）的可能，因为儿马一般都不会供人骑乘。所以马夫不可能给它套上了马笼头，还将它系在树旁。可是，它也不是专供人役使，要走远路或是还要去前线打仗的骟马。因为，骟马是另成一群，很少会进入由一匹儿马来管理的家庭群体之中的。所以，它是什么身份呢？唯一的答案就是：它还是一匹骒马，不过今年没有怀孕。

（是的，不是每次在发情时都刚好可以受孕的。我知道的是骒马的发情时间大概是一两天左右，膘好的骒马发情时间比较早，而一匹儿马身强体壮之时，可以拥有二十匹到四十匹的骒马，有时候恐怕还真的忙不过来吧？）因此，我猜想，这匹美丽的黑白两色搭配得绝佳的马儿还是一匹骒马，还是妻妾的身份，刚好今年没怀孕，所以可以骑乘一下。

"是的，牧民出门不大会骑乘怀了孕的母马，主要是心疼和感激。心疼是怕增加它的负担，感激是一匹骒马二十几年的一生里，对牧民家庭的贡献和帮助……但是一匹骒马作为杆子马的时候，又另当别论。骒马敏锐聪慧，是最佳的杆子马。所以要套马之时，还是骒马比骟马要厉害多了。

"那么，这个马群里的一家之主到底是在何处？应该就只剩下画面右方这匹白马了吧？

"我必须承认，我是到后来才发现它的与众不同。在这里，郎世宁大师标示得非常含蓄和文雅。甚至我也不敢说我的判断一定正确，因为和我在草原上观察的不很相同。

"但是，如果画者已经很有心地在这幅《八骏图》里显示出其中不同的生命状态，他为什么会让这个家庭里最重要的维护者儿马反而成为缺席者呢？所以，我觉得这匹白马应该就是一家之主了！其实，一旦确定之后，也有了确定的理由。从构图上看，这匹儿马站在整个马群的边缘，是处于永远的看守和护卫的状态，眼神炯炯地注视着那两匹在嬉戏中的它的妻妾，也是完全合理并且贴近生活实况的画面了。"

到此暂停吧。我人又没真的在故宫，旁边也没有朋友，我只是一个人坐在灯下，对着一本画册上的《八骏图》在自言自语罢了。想到的线索在脑子里喋喋不休，记在本子上的所谓笔记也是没完没了，又快到午夜了，可以停止这一天的工作了吗？这个午夜，可是2018年最后一个午夜了……

不过，再记一两句吧，不提马群的事了，是关于写生者郎世宁。

除了有时受限于宫廷内的许多忌讳，以及受困于古老中国某些固执的美学要求，因而会出现一些呆板甚至呆滞的部分画面之外。郎世宁的写生，是真正的写"生"。

他不单摹写出生命的表面形象，有时也摹写出生命内里的澄明本质。就像这幅《八骏图》，更在八匹马的身上摹写出生命与外在世界中种种或隐或显的牵连，包括那作为背景的柳树树叶的颜色也是有所指的。而这样一位真挚又诚恳的写生者，二十七岁（1715年）来到中国，七十八岁（1766年）逝世，五十一年的时间都在宫里奉命作画师，或者为各类器各处宫阙建筑作设计图样。这些都记载在清宫内务府造办处的《活计档》之中了。

因此有人会说，他原本希望到中国也能传扬教义的，可惜被三个皇帝给耽误了，宣教事业不见进展。对这种说法，我却不以为然。

我相信应该有许多人和我想的一样。用五十一年的时间来完成所有的这些工作。无论是被动还是主动，无论是勉力而为还是衷心喜悦，那信仰，却是无所不在的。

是的，郎世宁的宣教事业正是因为这些留存到今日的"活计"里的虔敬与真挚，才更让我们相信，无论是以何种方式，无论是以何种材质，如果有人心中一直坚持着那最初始的美好渴盼，那么，信仰的生成和绵延，应该是无所不在的。

注：李景章先生是出生在内蒙古克什克腾旗的摄影家，青格勒则

是当地草原上的牧马人,我们三人从 2014 年夏天就开始合作,想要出一本关于蒙古马的书。由于我的工作进度缓慢,又加上疫情的阻隔,此刻还在进行中。

原乡的课堂

昨天的晚餐桌前,大家刚刚坐定,由于领队查格德尔导演的一句话,这个疲累的小团体情绪忽然沸腾了起来。好像旅途上所有的折腾和折磨都全部消失了似的,只因为这一句话里所作的无比美好的提示。查格德尔说:

"现在,我们已经来到帝国的首都了,如何?要不要喝一杯呢?"

是啊!是啊!天下哪里有这样刚好的地点、这样刚好的时刻呢?现在,历经舟车劳顿长途跋涉之后,我们终于抵达了心中的圣地,当然是要举杯互祝并且庆贺了!须知,这里可是大蒙古国的首都,是有着八百年历史的古老都城所在地,是我们窝阔台可汗统领天下的哈拉和林啊!朋友们,一起举杯吧!

我想,这就是人类学里为"族群"所下的定义。世界有时是瞬息万变,有时却也可以千年万年不作丝毫的挪移,端视个人心灵要以把自己这小小的存在放置在什么地方而定。

单从表面看来,仅只是短短的二十几年时间,从我初次前来的1990年秋天，那荒烟蔓草的景象已经成为过去。这古老的都城如今有世界各国的观光客前来拜访，我们住在城郊以一座又一座毡房集合而成的既简便又有古风的新兴旅馆，旁边有可供热水的淋浴间。今天早上是和一群兴高采烈的西方女子共享，一人一个小隔间，好像又回到我在欧洲留学时住在女生宿舍里的情境了。

吃完早餐后，高高兴兴地去参观和林当地新建的博物馆。馆内除了关于哈拉和林的历史资料之外，最吸引我的是另设的一间专室，陈列的是从附近一座突厥古墓出土的文物，真是光彩照人。一枚水晶戒指完全是现代的设计美感，还有展出的武士陶俑，都堪称珍品。有一尊骑在马上的武士塑像双眼望向远方，表情空茫，是在出征的路上吗？旁边还有一匹披着护身盔甲的辔马，技法朴拙，却又精确动人，是怎么做到的？

参观结束之后，大概是同行的蒙古朋友的介绍，馆方要我在他们准备的本子上签名留言。我慎重记下三次来拜谒和林故都的日期（1990、2006、2015），并且致敬与致谢。

出了博物馆之后，阳光正好，我们大家一起登高走上敖包山。敬拜之后，才发现这里可以俯瞰整片一直延伸到天边去的大平原，额尔德尼昭的遗址清晰可见。这里是属于鄂尔浑河流域的一部分，蒙古国乌兰巴托大学教授、考古学者额尔登巴特先生（Dr. Erdenebaatar）这次带我一路走来，已经去看了契丹的古庙群遗址，还要再去看回纥古城，过两天要去看他发掘的匈奴古墓，然后再带我去看我梦寐以求的鹿石群。这些古迹都在鄂尔浑河流域之上，这片广袤的区域，是蒙古高原上游牧文化历史积累最丰盈之处。

其实，这次行程真正的工作目的是查格德尔导演拍摄额尔登巴特教授的考古专业纪录片。导演计划是由三十六个配角来衬托这位考古学者的专业成就——我就是那三十六个配角之一，受一通电话之聘就满口答应，欣然启程。查格德尔虽然和我认识已有多年，却对我没有第二句话就马上答应的速度和态度有点讶异。这位大导演有所不知，此行别说是要我当配角，即使是要我做个临时演员，不管是路人甲还是路人乙，本人也是要千谢万谢的啊！

真的是要千谢万谢，因为接下来又有意想不到的好事要发生了。

我刚刚在不久之前听到的一些知识课程，此刻却就在眼前得到真确的认证。

敖包山上有一处隆起的地面，听说是萨满祭天之处。

敖包左前方的地面上，赫然见到有排列整齐的马的头部骸骨，虽然白骨森森，我也是初见，却一点也不害怕。因为，我已经知道这些马的头骨摆在此地的意义和因由，心中反而感到温暖和喜悦。快速地稍微数算了一下，大概是二十多匹马的头骨，这中间牵连着的是多少牧马人和他爱马之间的情谊啊！

就是不久之前，就在上个月而已，我人在内蒙古克什克腾草原上,再次拜访牧马人宝音达来先生和他姑丈阿拉腾德力格尔先生。他们两位这几年来为了保护有灭绝危机的克什克腾铁蹄马,作出了很大的贡献。

就在6月26日那天,我又和宝音达来还有他的朋友黄国军先生(他和我一样,已是个不会说母语的蒙古人了,却爱马如痴),再加上摄影家李景章先生,四人同车去了附近的百岔川,重看他们在2009年寻访铁蹄马的旧地。在车中我也一路在问宝音达来关于牧马的各种知识,包括出生、养育、成长、交配、工作和死亡,同时做了录音。

宝音达来自小跟着父亲牧马,家族世代传承的理念加上自己本身累积的体验,他的回答对我而言是一堂丰盛的启蒙课程。是我在这之前怎么也求不到的专业知识,更是包括了一位蒙古牧马人的胸襟与见识,那是长久以来不为外围世界所知的悲悯与同情,还有诚挚的对于爱与美的憧憬……

那天,关于一匹马的死亡,宝音达来是这样回答我的:

"对于在马群里因为衰老而自然死亡的骒马和儿马,我们都怀有极深的感激。想一想,一匹骒马一生可以给我们生下最少十几到二十匹马驹,一匹儿马(儿马等于种马)一生更可以赐给我们几百匹马驹。它们在衰老之时,我们就已经加倍照顾了,死去之后,我们先用牛车或者马车,现在是卡车把它们的尸体运到比较高的山上或高地上,一年之后,再回到原地,那时已成白骨。我们就把头部的骸骨完整地捡拾起来,再骑马登上更高的山巅,把它好好地放在山巅上,除了说出对它的感激之外,更以哈达为它祈福,希望它来世能转生为人。"

所以,眼前在和林故都的敖包山上静列着的马的头骨,生前是受着尊敬和感激的好马儿(说不定还有更大的劳绩和功勋),死后带着主人的谢意与祝福离去。这是蒙古高原游牧文化里最温柔的一个句点吧。

而对于我来说,这一堂课的开始是在内蒙古克什克腾草原上,授课老师是牧马人宝音达来。这一堂课的实地验证却来得很快,就在一个月之后,在更北的蒙古国鄂尔浑河流域,在和林故都东方的敖包山上,在不知何时就排列于此处的森森白骨之间;而我欣然接受,一点也不害怕,也不诧异。心中的杂念都退去,只觉得平和温暖。原来,在大自然俯视之下一起生活着的人与马,是可以如此互相依托互相感念的。

感谢原乡,给我上了这样的一堂课。

——2015 年 7 月 25 日　哈拉和林

注:

今天已是 2019 年 2 月 7 日。我想为这一堂课再做些补充。在上面这篇文字里写出的只是关于自然死亡的儿马与骒马的部分。在 2015 年 6 月 26 日的访问录音中,宝音达来先生还提到一些其他的状况,他说:

"不止是儿马和骟马,在马群中自然老死的骒马也是一样要如此对待的。因为它也是劳苦功高,帮助了牧马人的家庭一辈子,也是要感激的。

但是,如果马匹是病死或者因意外而死亡的就不在此列了。主人当然还是用车子把它运到比较高的山上或者高地上,也用哈达为它祈福,但是就不会再去看它了。至于不幸夭折的小马驹也是一样,放到比较高的山上之后,也不会再回去看它。不过,祝祷的词句比较不同。通常是在心里默念:'可怜啊!这么小就走了,没能长起来,可怜。今年做不成我们家的小马驹,明年再来吧!再来吧!'"

然后,宝音达来在此时还提到关于马的寿命,他先说:"白马最长寿,可以活到三十五岁。"然后他又说,"每年都生育的骒马,寿命比那每两年才生育一匹驹子的骒马短。一般这样的骒马会有二十五六年的寿命,但是每年都生驹子的骒马到不了这个年纪。儿马也是要比骒马的寿命短。"

他还说:"年轻骒马生的驹子身体好,特别健壮。年老时的骒马生下的驹子身体弱。"

关于生育,在这里,宝音达来还说了一件很神奇的事,他说:"最早我是听我父亲说的,他强调这是千真万确的定理。后来我自己这么多年也注意观察,果然是如此。有些骒马,一辈子每次生产都生的是公马驹子的话,它临死的前一年最后一次生产一定是一匹小骒马驹子。所以,每当有这种一直下的都是公马驹子的骒马老了的时候,我就特别注意。它如果有一年生下了小骒马驹子,我就知道第二年冬天它一定过不去了。真的,就是这样,好像最后必须要留下一匹骒马,才算给马群留下了可以延续下去的希望。真的是这样。"

烙在时光里的印痕

在游牧文化里,马群是需要野放的牲畜,而为了辨识,不得不做印记。

学者说,在古老的突厥语中,作为可汗或者国族的"钤记",最初最基本的意义其实就是"烙印",是"烙在牲畜身上表示所有权的记号"。

只是,到了后来,这所有权的"记号"逐渐延伸扩展,从最初的牲畜财产概括到土地、到氏族,最后甚至是代表一个王朝和国族政权的徽记了。

2006 年夏季,7 月 22 日的下午,我在蒙古国后杭盖省鄂尔浑河流域的和硕柴达木地方,在茫茫无边际的大草原之上见到阙特勤碑时,那一方线条简洁的后突厥汗国的钤记就深深地刻印在碑石的正上方。学者说,那是一只山羊的画像。

阙特勤(Kül Tegin,公元 685—731 年)是后突厥汗国颉跌利施可汗的次子,为他立碑的是他的兄长毗伽可汗。碑上的这方钤记就是在更晚的年代里,被学者定义为第二突厥王朝(公元 682—745 年)也称后突厥汗国的家族钤记。

在我的初中地理或是历史课本里,有一张小小的插图,不知道为什么,图片下的说明文字一直深深地刻在我的记忆中,"阙特勤碑"这四个字仿佛烙印,跟随了我几乎是整整的大半生。

来到蒙古高原,听闻了这方碑石就在鄂尔浑河流域之上,也是要等了好几年之后才能成行。

见到阙特勤碑的那一天,2006年7月22日是个时阴时晴的天气。从哈拉和林故都的额尔德尼昭再往西行,我们的车子不是越野车,底盘不够高,所以沿着还没修好的公路旁那些碎石满布的坎坷小径行驶,简直仿佛是永无止境的颠簸。

突然间,一切静止,我们的司机把车子停下,刹车杆拉起,她微笑侧身向我说:

"我们最好在这里下车步行过去。看!就在前面!"

前面,前面是一处无垠的旷野。旷野上方是高高的穹苍,穹苍之上浓云密布。在如此开阔的天地之间,只有一座巨大的石碑独自屹立,巨大而且厚重。

很难形容我的感觉。

敬畏、孺慕、欣慰、喜悦,种种混杂在心中的情绪起伏不停,我知道,我当时就已经知道这是人间难得的机缘,可以真正近身面对少年时教科书中那张图片里的本尊。已经有一千两百多年的时间了吧?碑石上刻的无数古老的突厥文在风霜雨雪的侵蚀下还清晰可辨,尤其是碑石上方那作为钤印的山羊图记,线条刻得更深。当阳光从云层的隙缝中照射下来的时候，那图形更显完整无缺，好像是昨天才刚刚刻好似的。

碑石屹立在无垠的旷野，旷野上有风，有阳光，有云影。我在石碑的周围久久徘徊，怎么也不舍得离开，想着或许还可以再来。

果然又再来了一次。

2015 年的 7 月 24 日下午，在当地稍远处，新的博物馆已经建好，阙特勤碑和毗伽可汗碑已双双迁入博物馆大厅内并立。同行的朋友好意带我们再驱车到立碑的原址去看一看。

忘记那路程有多少公里，相对于草原的广大，那车程不算太长，应该也不会太远吧。

应该还是九年前来过的那一处地方，可是原来那种天高云低浩瀚无垠的气势再也找不到了，曾经让我手足无措心怀澎湃的感动也消失无踪。眼前只见一座面目模糊的仿制品，竖立在整整一大圈长方形的围墙之内。或许是要重现石碑初立时的现场规模，围墙上加涂了浅色的油漆之后再加上鲜红色的细边框……

一切已不可再得。

我当然能了解，为了保护古老的文物，建立博物馆是不得不为的善意措施。像是毗伽可汗碑本身，就已经因为多年倾倒在地而受到无法弥补的损伤。并且，刚才在博物馆里，已经看到灯光与背景的色调都配合得很好，使得两座碑石也依旧保持着凛然的姿态。周围展出的有关文物不少，其旁的解说文字也条理分明，对于前来参观的访客来说，都具有加分的效果；因此，唯一的损失应该就只是让那些曾经见过原址的人终于明白，一切已不可再得。

原来，这"原址"的光华，就在那一座石碑的凛然屹立。历经了一千两百多年的日升月落，穷尽造化之工，凝聚了多少路过的生灵的目光，以及他们（也包括它们）的精神与魂魄的感动，逐日逐夜为我们构筑而成一种无比温暖的氛围，是仿佛可以穿越又可以对话的时空现场。

可惜的是，当时的我是觉得兴奋、愉悦、恋恋不舍，却始终没能静下心来细细感受，感受这周遭视野所及之处，在浓云之下，在和风拂过的草浪之上，有些什么特别不一样的温暖讯息正缓缓显现……

却是要到了九年之后，在"重回"的第一瞬间，从自己身体发肤的最表层一直到心灵的最深处，立刻就发觉那曾经包围过我的，曾经弥漫在旷野周遭极其温暖温柔的氛围都已经消失了。纵然阳光依旧，和风依旧，却有一种强烈的失落感直袭我身和我心，让我清楚认知，一切已不可再得。

是的，"寻找有时，失落有时。"应该是《圣经》里的训诲吧。我只能默默地接受。于是，那烙在时光里的印痕，终于只能留在我茫然的心底了。

歌·诗·大自然

好久没有和 D 联络了,今天白天接到他的电话,好高兴。

没有什么特别的寒暄,互道近况之后,我们很快就把自己的心事互相说给对方听了。

他开始是仔细分析对腾格尔所唱的《父亲的草原母亲的河》那首歌的感动,他相信自身的共鸣是由于深藏已久的生命中对大自然的原乡需求而起的。

我则迫不及待地想要告诉他,在草原上马群的家庭生活是如何让我倾心和震撼的。尤其是身为一家之主的种马,那种既严厉又温柔的看管和督促,永远走在自己整个家庭(有时候是二十几匹骒马加上三四十匹没成年的儿女们)那样一长列队伍的后面,是监管,也是保护。那神情里有一种属于雄性动物特有的自豪和担当,不动声色地尽全力来维护这个家庭,负起一切的责任。

我向 D 说,我真的被儿马表现出来的这种责任感所吸引,所以当地朋友多年前开玩笑说:"有能力还不够,真正的儿马还要具有魅力才能吸引到更多的骒马前来投靠!"好像还真有点道理。

我向他形容这种感觉其实除了表面言语的玩笑性质以外，还包括一种更为深层的嗟叹。上苍如何创造出这些具有灵性的高贵的生物，而一群野马，是比我们人类来得更早的生命啊！

我们谈了很久，分析人类原属于大自然的本质，为什么如今会被蒙蔽、被围困于自己设下的桎梏之中？

他说，他今天就是听到腾格尔对这一首歌独特的诠释之后，忽然感受到那种回到大自然原初给过他的雄壮辽阔胸襟里所该有的一切。所有被困住被遗忘的原初的感觉全部重回，因而不得不一个人突然痛哭起来，哭了很久。在深沉的悲伤里有一种力量打开他胸中的郁结，好像重新与真正的自己相遇，原来那美好的属于生命的本质还在！

D的语言一向都是很沉着的，条理分明。不过今天谈到对自身的突然出现的省察，有种更深的诚挚，使得他的每一句话在我听来此刻都变成清晰有力的诗句。他向我讲述在我们这个岛上一首由花莲的阿美人所传下来的古老的祭祀之歌：北风如何在山野间吹袭，小小生命如何静默地发芽，再牵引另一个生命的出现。小动物、大动物，步伐参差不齐。然后猎人出现，静坐观看足迹。可是这一切此时却都与狩猎无关……

是的，每一个生命都有它应该有的位置。

在我们的谈话结束之前，我心中忽然有了一种触动，怎么会这么巧？这几天正想给《青格勒的马群》这本书的文字定一个基调，D 的电话就来了，让我心安，让我知道自己只要平平实实地写下去就好。在这整本书里，我只是个记录者、叙述者，努力做好这个工作就可以了，别无他想。

只因为，每一个生命都有它应该有的位置。

我向 D 说出我的感激，他呵呵地笑了。他说他今天幸好找到了我的电话，觉得我应该可以分享他对这一首歌的感觉，想不到真的就可以谈得这么愉快，也真是很久很久没通音讯了呢。

放下电话之前，我们互道祝福，彼此相约要好好工作，也要好好过日子。

真是知心的朋友啊！知道各自都在工作，所以并没有约见面。

然后我就想到在萨满神歌里，有时为什么那样不厌其烦地对各种生物一一叫名。譬如在那首《召唤候鸟之歌》里面，在十九段各五行或四行不等的超过百行的文字中，许多生物的名字和在这个季节里该有的状况都必须清楚呈现。禽鸟的名字要从鸿雁、黄鸭、白额雁、野鸭、雄鹰、百灵鸟、布谷鸟等等一直排列下来。而地上的淡米黄色骡马、金棕色骡马、花骡马、淡黄色骡马、黑骡马、铁青色骡马，一直到青山羊、母黄羊、母牛、黑母驼等等这些雌性的动物正值要下驹或是下羔的生产时刻，也都要一一列举。整首神歌的背景则是在大自然里的山峦、深谷、河流从冰封的冬日来到融雪的春天，土地舒展，植物生长的时刻……

听着 D 对我讲述阿美人的祭祀之歌的时候，我好像才真正明白了前几年跟着尼玛老师一起翻译的这首萨满神歌，我当时的确在心里埋怨过，怎么重复得这样没完没了。而其实，在每一小段里，先民放进去的感情和形容都有极为细致的差别，因为，每一个生命都有它应该有的位置，而那些位置之间也都有它该有的特色，以及在我们记忆里的不同的牵系。

如此美好的生命，一个也不舍得忽略。所以，每当要召唤之时，我们必须不断地一一关照，一一叫名……而这也就是我们的一生了。一如这首神歌最后所示：

> 直到黑发变白　少年变老
> 洁白如玉的牙齿松脱掉落
> ……
> 愿每一天都是吉祥的日子
> 每一月都在幸福中度过
> 呼来　呼来　呼来

2018 年 10 月 13 日

一个"旁听生"的课间笔记

是我这个执笔者的根基太浅,也不可能有更深入的报道。不过,到了此刻,心中还是觉得有些愧疚不安,所以,就把我这个"旁听生"东搜西抄的课间笔记拿出来,稍微补充一下,好吗?

其实这也就是我自己想要知道的知识。譬如:"马真的是站着睡觉的吗?"我得到的回答有两个来源。先是牧马人宝音达来告诉我的,他说:

"马一天有七十二觉!平常白天的时候,他站着就可以睡着,只需要一两分钟的时间就休息过来了。晚上也是可以站着就睡着了,但是夜深以后,有两段沉睡的时间,那时就会躺下来,好好睡个几十分钟吧。"

然后,从内蒙古农业大学的马业研究中心首席专家芒来教授的书中,我抄来的回答是这样的:

……马通常是站着睡觉,一天之内可能只有短短几个小时是躺下来睡的。站着睡觉是继承了野马的生活习性。

> 野马生活在一望无际的沙漠草原地区，在远古时期既是人类的狩猎对象，又是豺狼等肉食动物的美味佳肴，它们唯一能做的就是靠奔跑来逃避敌害。而豺狼等食肉动物都是白天隐蔽在灌木草丛或土岩洞穴中休息，到夜间方出来捕食。野马为了迅速而及时地逃避敌害，在夜间也不敢高枕无忧地卧地而睡。（《马年说马》61—62页）

所以，即使如今的家马早已脱离了那种恐怖的威胁，古老的基因影响仍在。

芒来教授的书上有统计：

> 成年马平均一昼夜睡眠累计约六小时左右，深睡只限两小时，多半到破晓之前，马在深睡情况下才进入未知觉状态，其他时间的睡眠呈半知觉状态。吃饱后只要安静站立即进入睡眠，只有在非常安全舒适的情况下，马才会躺下来睡觉。

那么，马又是凭借着什么来察觉危险来临的呢？

当然，动物本身的直觉是很重要的本能，不过，它的听觉与嗅觉的高灵敏度更是在旷野中求生的最佳禀赋。

在芒来教授的这本《马年说马》中有很详尽的解说，我只摘取一小部分放在这里：

马的耳朵不但具有灵敏的听力,还有很强的辨别声音的能力,马在特殊情况下与蝙蝠一样具有很强的利用回声进行定位的能力,它能辨别各种强度的声音,简直令人难以置信……可以说听觉非常发达是对马视觉欠佳的一种生理补偿,这对在原始环境中生存的马是非常必要的。(《马年说马》45—46页)

所以,马能够听到我们人类听不到的远处即使极其微弱的声音。幼驹以此知晓母亲的呼求和寻找,离群的马以此追索同伴们的存在并且互通讯息,它们的世界比我们想象的丰富多了。

关于嗅觉,更是神奇!让我们看看学者如何解说:

马能根据嗅觉信息识别主人、性别、母子、发情、同伴、路途、厩舍和饲料种类,等等。发情母马的气味可以远距离吸引公马,这当然是靠公马敏锐的嗅觉……群牧马或野生马依靠嗅觉可辨别空气中微量的水汽,借以寻觅几里以外的水源和草地。这就是为什么野生的马群能够在干旱的沙漠中生存的缘故。另外,马在草原上能辨别有毒的植物,因此很少因误食毒草而中毒;同样,马也能依靠嗅觉鉴别出污染的水而不会误饮。(《马年说马》49—50页)

如何,这样的能力已经比我们人类强多了吧?

而关于马的性格和性情呢?那么,在这里就要回过头来听听草原上的牧民怎么说了。从 2014 年的夏天开始,每年夏天我都会回到母亲的克什克腾草原上拜访三位牧民,并且得到他们的同意可以将谈话录音。这五年来我增长了不少知识。每当谈到马的情绪和行为之时,他们三位的见解都相同,而以宝音达来的回答最具代表性,他说:

"唉!马除了不会说话之外,有什么是和人不一样的呢?"

这三位牧马人就是宝音达来,还有他的姑丈——很会制作马鞍的阿拉腾德力格尔先生,以及年龄比他们稍小的青格勒。

他们也说,除了以毛色为马匹取名之外,有时也会以它们的性格取名。譬如机灵的枣红马,烈性子的铁青马,或者不驯的黄骠马等等,可见马的性格也各有差异,和人类世界一样。据说,在同一个儿马组成的家庭里,在骒马众多的妻妾之间,也会争宠,也会耍心机呢。而我见过的小马驹,对父亲充满了崇敬之情。

在这五个夏天里,这三位牧马人真的好像在为我组成了一个短期特训班一样,时时刻刻不厌其烦地回答我的问题。

在这里,我除了要向他们三位表达我的感激之外,还想再多说一件事。应该算是我在这五个夏天与他们共处的时间里,自己慢慢体会出的一点心得吧。

我发现,在这三位牧马人的身上,在他们诚恳谦和的个性与态度之外，还另外具有一种潜藏于内里的独特气质。

这气质，很难形容，或许是天生，或许是长久的涵养，竟然孕育出一种安静又沉稳的傲气。是的，确实是"傲气"。不过，这傲气既不伤人也不自伤，且是一种能量。

我想了又想，终于明白了，这应该就是亘古以来蒙古高原上的牧马人所共有的特质。这傲气，是能量，也是信仰。让他们能一直坚持到今日，还始终不离不弃地处于游牧文化的中心，面对从四面八方汹涌前来的变化而不为所动。

不为所动，只因有值得为此坚持的信仰傲然挺立在心中。

2019 年 3 月 29 日

七颗小石子

剑桥大学的学者 Piers Vitebsky，在论及"萨满"的任务时，他曾说："作为萨满，可能是世界上最早最古老的一种专业了。在现今的工业社会里，这包括已经被分工成为好几个不同的行业如医生、心理治疗师、军人、预言家、神父或牧师以及政治家等等。"

是的，"古老"的本质，并非就是必须弃之而不顾的淘汰物件。相反的，有些恰恰是人类思想里极为珍贵的源头和雏形，正应该作为研究和探讨的对象才是。

2015年夏天，由北京的民族出版社出版的《萨满神歌》一书，是在尼玛先生的指导下，由他和我合作编译完成的。书中除了有二十九首汉译的萨满神歌（也称"赞歌"）之外，还有几篇尼玛与我之间的对话记录，讨论萨满信仰的核心以及与人类生活间的种种关联。

尼玛说："古老萨满的有些行为，表面上看来似乎只是一些例行的仪式和固定的符号，但事实上这些仪式与符号，都含有一种在精神上的抚慰、激发，甚至鼓励的作用。"

尼玛还给我举了一个极为珍贵的例子，他说这是东部蒙古扎鲁特旗东巴彦塔拉村一位名叫阿希玛老妈妈（1916—1993）亲口告诉他的。

阿希玛老妈妈自身并非萨满。不过，在蒙古高原之上，一般牧民对许多属于萨满信仰的规矩都非常清楚。尤其是作为把九个孩子平平安安养大的母亲如阿希玛老妈妈这样的女子，在她虔诚的一生里，珍藏着许多宝贵的资料和实例。

阿希玛老妈妈说：

"草原太广大了，人在其中，有时候会有种孤独感。尤其身体弱的人，在生产较忙的季节，譬如春天要照顾小马驹、小牛犊、小羊羔的出生，秋天要有去打草和运草粮准备过冬的种种劳动。大家都出去工作了，生病的人经常一个人留在家里，就可能在心理上产生一种恐慌感。而当他认为自己的灵魂有脱离的现象就恍惚难安的时候，也不可能去找到萨满，这个时候，他就可以自己来为自己招魂。

"这是一种自救的方法和仪式。

"这仪式需要在井旁进行。

"在草原上，为着马群每天要回来两次饮水的需求，一口井是在离家不太远的地方,步行很快可以走到的。在往前步行的时候,病人先要在草地上捡拾七颗大小差不多的小石子拿在手中。等到到了井旁,他先要从井口往下看着井中的水面,当他看到水面上反映着自己的面容时,就可以开始进行招魂。

"首先口中要清清楚楚地说出'我的灵魂要附回到我的身体里面来'。然后朝井水投下一颗石子,先仔细辨认水面上的泡沫还有涟漪的纹路,还要仔细聆听井水的回音。

"这样做了以后,就重新说一遍:'我的灵魂要附回到我的身体里面来。'然后就再投下一颗石子,再仔细观察与聆听。连续投下七颗石子之后,病人就会发现,自己对水上的泡沫和纹路看得更清楚,井水的回音也更清晰,他就可以确定,自己的灵魂已经安然附回到身体里面来了,招魂的仪式就算完成。

"而'七'是北斗七星的神圣数字。"

那天,是2014年8月4日的午后,在尼玛先生北京的家里,我听到这一段转述,心中很是激动。原来,在最孤独无援的处境下,萨满教竟然也预先设想到了,给一个生命个体安排了自救的方式,让他慢慢脱离了之前的软弱与恐慌。而且这些进行的程序完全符合现代心理学的观念,是以缩小范围、集中意念、专注,并且加上缓慢的重复,使得这个个体可以逐渐恢复自信,真是太厉害了!

前不久,我转述这一种自救的古老方法给哈达奇·刚先生听，他也激动了，因为想起了自己的童年。

他说："是的，北斗七星的'七'，这个数目字是有力量的。记得在我小时候，正月初七的晚上，父亲会带我们三个孩子出门往北走，去祭拜北斗七星。回家的时候，父亲走在前面，也不回头，就大声地叫我们的名字。叫了一个，有回应之后，再叫第二个，再等孩子的回应，然后是第三个……每人的名字要郑重地呼叫三次，每个孩子也要郑重地回答三次，这印象太深刻了！

"冬天的夜里，在野外，听到父亲呼叫你。心里也明白，他不单是在呼叫你的名字而已，他也是呼叫你的灵魂，呼叫你身体里的苏力德，呼叫你灵魂里的苏力德；更向北斗七星祈求和召唤儿女的福分。所以，父亲的声音，听来那样庄严和温暖。

"在冬天的晚上，一年刚刚开始的时光里，他一方面向上天祈求，能够保佑自己的孩子；一方面又叫着孩子的名字，提醒他必须奋发向上。我到现在还记得他的声音，那样慎重地清清楚楚地叫着我们的名字。"

亲爱的朋友，我多么羡慕自幼生长在原乡大地上的你们，能够在心中葆有如此庄严和温柔的记忆。

而我所能做的，就是把我听到的、见到的、从书里读到的，关于这原乡大地上美好的一切，都尽量记录下来，作为"旁白"，敬献给每一位引路人，谢谢你们在这几十年的时光里给我的帮助和指引。

或许,你们会纠正我说:

"不是的,是你心中的苏力德醒了,让你能够重新恢复了这古老的却又是全新的信仰。"

不过,这一条长路,可真的是你们带着我一步一步慢慢走过来的啊!

生命的谜题

"竟能那般沉稳，一条直线横过就是大地苍茫了……"已然过世的故人，多年以前如是说。

那是风雪凛冽北美东岸，离乡半生的小说家在初见后，向我问及：是否认识席慕蓉？我提及席氏之诗，小说家谈的是席氏之画；你知道长年被家乡拒绝的小说家父亲乃是高龄的胶彩画名家，日本领台时代[1]，列之"台展三少年"之一，以之家学渊源，想见对绘画艺术自有心得。表明虽长居纽约，却不喜涉足美术馆细赏真迹，宁可静阅画册，再三反复寻索。

"一条直线横过"小说家停顿半晌，略为思忖地接续："她的地平线就有色彩了。"回忆所及，似乎用心，庄重地询我关于席氏的文学著作及在台湾读者的评价云云。身置小说家服务的联合国二十三楼，他专属研究室窗下正是东河，指着河中一块突兀的岩石，中间竟有一抹结冰若水晶

---

[1] 1895年至1945年台湾被日本帝国殖民统治的时期。——编者注

的独立树；小说家形容冬冷之前，树上有窝斑鸠家族："雪融后的春末，它们会按时回来，好像约定。"他温暖地笑了，而后邀我近窗俯望，若有深意地自语："你看那植物，多像席慕蓉画里，地平线的孤树。"

幽幽地，半睡半醒的我，竟会仿佛依稀地梦见十多年前，与小说家初见时的谈话，却是从席慕蓉的绘画说起。小说家别世后，再难以持续每周一次的子夜越洋电话，否则此刻梦醒时分，我可以立刻寻出画册，与时差半日的小说家倾读关于席氏颜彩中的地平线或者蒙古。

以上的文字，是作家林文义的散文《地平线》中的前半部。

初读之时，心中震动，惊喜与疼痛的怅惘同时袭来，竟不知如何自处。

其中最强烈的震撼却是："是郭松棻啊！"是的，怎么也想象不到，我最敬慕的小说家郭松棻竟然会注意到我的绘画。

而作为读者的我，一直觉得他的文字力量极为强大、深沉、冷冽，却又有一种难以言明的温暖。

他在台湾发表的小说，我读到的不能算多，但每一篇都特殊地好，好到每次读完之后，整整一天，都不能再去读别人写的书。

好像心里已经满了，不能再容纳任何其他人的文字渗透进来一样，即使是我极为钟爱的作家。

但是我从来没有机会认识他。

郭松棻逝于 2005 年 7 月 9 日。我在《2006 席慕蓉》那本日记书中，5 月 28 日，曾经特别写到自己对郭松棻的强烈感觉，像是一种表面平静无波却在海底最深处爆裂的震撼……

而那时，我也还不知道他曾经对我的注意。

林文义的这篇《地平线》应是写于 2009 年，但是我忘了他是什么时候告诉我的。

在电话上，文义告诉我，他初次去拜访小说家那天是 1995 年 12 月 21 日，纽约有大风雪，郭松棻把他引到窗前，要他看高楼之下，风雪中那一棵结了冰的"孤树"，并且用手指在玻璃窗上画了一条"地平线"，以此来继续讨论席慕蓉的绘画。一个远在千里万里之外的陌生人的创作，竟然成了那天文义与小说家初次见面时的共同话题。

知音难觅，创作上的最大欢喜应该就是你素所敬佩的那个人竟然也肯定你！若不是文义的告知，我如何能感受这样的欢喜，是多大的鼓舞啊！

可是，在接受的同时，却又清楚明白地知晓，斯人已杳，死生契阔，在我们之间，隔着的是再也难以克服的距离了。

怎么会是这样？

人世间如此的安排，真如难解的谜题。究竟是由什么力量在主导呢?

其实,说到在我素描中常出现的那一棵"孤树",也曾是个难解的谜题。

在欧洲习画之时,年轻好强,有时在课业上拼得很厉害。画大幅的油画日以继夜,累了的时候,就喜欢在白色的素描本上用黑墨水的钢笔画一小棵树,在空旷的大地上,拖着又细又长的影子,那斜长的树影伸得越长,心里好像就越舒坦。

这习惯保持了很久,有时是三四棵树都拖着细长的影子,散乱地站在大地上。一直到1989年8月,那个夏天,我得以踏上从未谋面的原乡,等到长途跋涉翻山越岭终于抵达蒙古高原进入我父亲家乡附近那起伏的无边草原之时,我恍如进入了一场美丽的梦境。虽说是从未谋面,却怎么处处都似曾相识?

然后,同行的好友王行恭从他的车中向我们这辆车挥手示意,要司机把车速放慢,再停下来,然后,他说:

"快看!席慕蓉,你的树!"

在我们前方,原野广袤辽阔,天与地之间只有一条微微起伏的地平线,一棵孤独的树,长在漠野的正中,西落的斜阳把树影画得很长很长……

谜底揭晓:一直以来,长在我心中的树,原来就长在原乡。

原来,这座高原,表面上虽与我是初遇,却绝对是生命最深处那灵魂的旧识。

我想,这应该就是郭松棻对我的地平线与孤树特别注意的原因了吧。以小说家具有的深沉而敏锐的老灵魂,必定感知了其中的苍茫寻索……

附录

访谈录

在我的状况里,这所谓的痴心,也就是本能,绝对有受过训练,而且还是可以称之为严谨和历时已接近一生的训练.

寻路故乡

——席慕蓉访谈录

韩春萍：祝贺席老师的新作《英雄时代》出版！对蒙古高原和游牧文化的书写是您的一种原乡情结。但在工业文明和城镇化浪潮蔓延全球的大背景下，各个民族的原有文化和生活方式都发生了改变，这个原乡似乎就变成了文化上的、精神上的原乡，不仅蒙古高原对您来说如此，我的故乡对我来说也如此。我有一种感觉，作家就像蜗牛，他们把故乡背在身上流浪，您的书写正是在为自己建构故乡。不知我的感觉对吗？请您分享一下这方面的体验。

席慕蓉：谢谢您容许我用手写方式回答。虽然会以计算机整理或发送自己的摄影资料，但至今仍然舍不得放弃手写，用钢笔在白纸上一个字一个字写出来的感觉难以取代。请见谅。

对故乡的感觉并无对错之分，各人有各人的经验。我生在乱世，并没有福分自小就拥有一个就在身边的故乡。但是我的福分是来自热爱故乡却又远离故乡的长辈给我的教育。外祖母、父亲、母亲，他们三位从我幼时就给我的身教与言教深深影响了我。因此，等我在过了半生之后真正见到了蒙古高原的时候，他们给我的教养再加上之后才明白的生命里来自古老血脉的遗传，使得自小在心中埋伏着的火种在瞬间热烈地燃烧了起来，求知的渴望无止无尽。从1989年走到今天，我逐渐发现，原来虽然有了许多现代化的城市，人口也多了许多，可是在蒙古高原的山川之上，在游牧族群的传延之间，有一种极为可贵的本质还在。那是一种我只能称之为"宁静的巨大"的本质，它从未消失，昨日恒在。

韩春萍：您曾在《我给记忆命名》中写道："无论在表象上多么平凡卑微的生命，上苍其实都赋予了这个生命一种本质上的高贵和尊严。"您说："人类逐渐忘了自己是属于这美好的大自然，与所有的生灵原是美美与共的。人类的原乡本来不就是那和谐共生的大自然吗？"此刻站在岁末回顾自然灾难频繁的2020年，无限感慨，游牧文化和萨满文化都是生命意识非常浓郁的文化，能否理解为您所有的文化写作本质上都是对大自然这个原乡的礼赞？您的焦虑也是因为人和大自然之间的关系越来越糟糕？

席慕蓉：现代文明以及科技的进步原本应该是改善我们生活的好事。可惜的是，人类被教育成太骄傲又太贪心了，如今的发展，对整个地球的生态环境来说，已经是一种"掠夺与毁火"的行为了。

我们可不可以这样去想,只要是活在此刻的人,都可称之为现代的人,而现代人有权利可以用彼此完全不同的方式活着。在评论他人的生活方式之前,先要明白那周遭的生态体系是如何运作,你才可以发言。

蒙古高原上的生态环境是比较脆弱的。从新石器时代开始,这块土地上的居民就在寻求如何能在如此严酷的条件下,求得与大自然共处共生的方法。几千年的时光里,游牧文明的成型是以草原、牧民、牲畜三者的和谐互助才能达成的,是一直走到今天我们还能拥有那样辽阔无边又具有生产力的草原的最主要原因。所以在此借用我们的学者孟驰北先生的说法:相对于西方或者说工业革命之后的文明是一种显性的文明,那么,游牧文明则是一种隐性的文明。

如果高耸入云的摩天高楼、精致的教堂建筑等等都是显性文明的表征,那么,几千年来,多少游牧族群走过的、居住过的山川大地和那一望无际青青草原依旧是原来宁静而又洁净的本初面貌,有谁能明白这样的"空白"是要用多少心血护持才能做到?孟驰北先生说的属于游牧民族特有的美德,就是隐性文明最珍贵的本质,是用一种"退让的姿态"来迂回前进。

在萨满文化的信仰里,是要与大自然和谐共生,相信万物有灵,相信众生平等。现在有许多学者已经明白,被认为是古老的游牧族群所坚持的信仰和生活方式,其实是现代人类在20

世纪 60 年代时才刚开始警觉到的环保思想。

因此，那样古老的时光里，先民的警觉却是如此超前，我想恐怕是因为生活艰困，与大自然近距离接触心存谦卑的缘故吧。

还有那一直保持着的重盟约、存仁爱、坚持互相合作的种种美德，原是人类共有的在悠长的时间历程里逐渐萌生的美好品质，可是，为什么能在游牧族群的草原生活上完全实现？我想，恐怕是因为自然生态环境的严酷。蒙古高原地广人稀，在游牧工作上是优点，在物质的供需上却比较困难。因此，在茫茫千里万里的草原上是生命与生命之间必须互相帮助才能存活的要求使然吧。

是的，一直到今天，在内蒙古，在蒙古国，在我这三十年来走过的草原上，没有一座牧民的毡房，或者我们可以称之为穹庐的门是锁上的。即使是主人外出了，家中无人，门也只是为了防风而拴扣上而已。旅人可以光明正大地打开门走进去取火煮水烧茶，拿出自己的干粮进食。离开的时候再将一切归还原位即可。我们有时候会放一些糖果表示感谢之意，再把门一如原先那样拴扣好就可以走了。

开始的时候，我还很忐忑不安。同行的蒙古朋友对我说，是自古的风俗如此，又加上我们的可汗曾经郑重嘱咐过，大蒙古国的臣民要特别"善待行旅之人"。所以，我要把心放宽，这是家里没人的情况，一切自助自重即可。

有时，我们也遇到刚好主人在家，也是如此。有几次互相交谈时谈得高兴了，那种热情与融洽的欢乐款待，真是此生难忘！

说到这里，我要特别强调，其实一个文明与另一个文明之间，并无优劣之分，只有差异而已。所以，我们如果愿意互相了解造成差异的原因的话，对双方应该都是有益的。

忽然想起，大家还记得上海那三千孤儿被国家送到内蒙古去抚养的事吗？草原上的牧民们家家户户以丰盛的牛奶和羊奶，把这些可怜又可爱的孩子都养大了，不也是由于文明之间这"差异"的可贵吗？（当然还有"爱心"，但这就是人类共有的美德了。）

韩春萍：这几年您致力于写蒙古族的英雄叙事长诗，英雄也对应着每个人心中的英雄情结，祝贺您的诗集《英雄时代》出版！请您介绍一下好吗？通过写作，您有没有觉得一个民族的英雄往往也代表着这个民族的文化人格，英雄身上具有怎样的珍贵特质？这方面能请您具体分享一下吗？

席慕蓉：很对不起，我读的书太少，范围也不够广。您在此所言的"一个民族的英雄往往也代表着这个民族的文化人格"，我是第一次听到"文化人格"这个名词，还需要慢慢去揣摩才能回答。非常感激这个提示，谢谢。

非常惭愧，我也不能具体说出英雄身上具有怎样的珍贵特质。

只为我的知识背景真的只是一个终于在半生的隔离之后，得以踏上蒙古高原的"旁听生"，而且还是不通自己母语的迟到的"旁听生"！

因此，在这本《英雄时代》里，我不敢直接写可汗，深知自己没有这个能力，更没有资格，我不敢。

所以，我是以可汗身旁的英雄人物作为主角，一位又一位试着慢慢写过来，或许，或许可以揣想出当年创建大蒙古国的我们的成吉思可汗英姿伟业于万一的万一。

春萍教授，谢谢您给我的评论，给了我许多提醒甚至是我自己本身也一直没察觉到的影响的启示，我非常感激。

因此，乘着这难得的可以彼此讨论的机会，我也很想向您报告一下自己最近的心得。

回到原乡之后，这三十年的行走之间，每每在遇到一处没受到污染、没遭到毁损的山河大地之时，我都会突然整个人好像兴兴旺旺地活了起来一样，精神百倍，宛如获得新生，心中充满了感激。感激这就在我眼前显示着的这万古长存的山河，感激这生机勃发充满了力量的大地，同时更感激这就在我身旁、从来不曾挪移过寸步的有关于昨日的一切记忆。

有好几次，对着这样美好的无边无际的山河，我几乎想大声呼唤，大声道谢。

在您这篇分析我的创作初衷的论文之中，提到心理学家荣格所提出的每个人在他的精神层次的更深处依然居住着一个有两百万岁的古老年龄的古代人。

而在2014年10月，我注意到诺贝尔奖医学奖颁给了三位学者，表扬他们以现代科技的研究，发现了人脑中主管记忆的海马回，原来也掌管了人类的"空间认知"。就更可以证实我们每一个现代人都具备了"老灵魂，新眼睛"的条件了。

而我这前半生无缘处身于故乡的游子，在终于回到蒙古高原之时，用以观察周遭的眼睛更是新之又新了！即使在阅读《蒙古秘史》之时，在汉译本中的文字，对我来说常常是一幅又一幅非常清晰动人的画面。而当我把这些画面给我的触动用言语在一次会议中报告出来以后，一位我非常景仰的教授在会后微笑着对我说：

"真奇怪了！我们读《蒙古秘史》读了这么多年，怎么都没看见那天晚上的月光呢？"

当然，我明白他是在鼓励我。不过，我隐隐觉得这里面是有些值得去探索之处。

一直到我这几天读到美国诗人华莱士·史蒂文斯（Wallace Stevens, 1879—1950）的一本诗文集《我可以触摸的事物》（马永波译，商务印书馆2018年8月初版），在他那篇论《诗歌与绘画》的文章里，其中有几句话，简单明白地就指出了我一直以来的错误。我把这段文字抄在这里：

"……所有这些细节，对诗人的重要程度和对画家一样，它们是诗歌与绘画关系的具体例证。因此，我推测用研究绘画来研究诗歌是可能的，或者一个人在成为诗人之后也可能成为画家……"

那么，是否反之亦然？一个人在从事绘画之余也可因此而去成为喜欢写诗的人？

读诗与写诗，既是如叶嘉莹先生所说的是生命的本能，那么，绘画应该也是。想要去创作的本能，在生命里应该是相通的。史蒂文斯之后也如此说了：反之亦然，画家也可以成为诗人。

所以，我就不应该一直强调自己写诗只是生命的一片痴心，从来没受过文学的专业训练。

这是错误的并且也是极其狭隘的想法。

在我的状况里，这所谓的痴心，也就是本能，绝对有受过训练，而且还是可以称之为严谨和历时已接近一生的训练。

从少年到此刻的暮年，从每一日的拂晓到深夜，我所接受的绘画训练使我总是不自觉地在接收着眼前所及的种种光影讯息。从形状、层次、质感、色光等等的变化，一直到和自己心境所受到影响而滋生出的不同触动，我总是会考量着要如何去将它们的局部或者整体在自己设想的画面上重现。

那么，相对于去"写一首诗"而言，过程不也是极为相似？

在台湾师范大学美术系林玉山教授的国画课堂上，在山林间或是在教室里的四季花卉写生，应该是基本功。可是，一次在林老师友人庭院里绽放的悬崖菊，白色花簇如瀑布般奔涌而下的生命状态，不也在多年之后成为一首诗？

而在布鲁塞尔，在 Léon Devos 教授的油画课堂上，除了平日的写生课程外，每月还都须另交一幅自己构思的画作。在这张作业里，绘画性与文学性的质素并存，统称"composition"。

而当我在多年之后，终于见到原乡，那身体上的"老灵魂"和"新眼睛"，在长久贮存的火种终于被点燃之后，生发了许多想要叙述、想要表达的渴望。因此，再是艰难，再是生硬，再是拙劣，这几首英雄叙事诗都不能再托词是没有受过专业的训练了。

对不起，说得太多，是否已经离题？

韩春萍：谢谢您！我们特别期待读到《英雄时代》。您在《我给记忆命名》中写到自己将故乡的文化慢慢转化成诗作之时，仿佛每一行每一句都是难题，您觉得主要难度在什么地方呢？

席慕蓉：或许一方是农业民族，一方是游牧民族，这两个民族间的生存环境天差地别，生活方式（或者应该说自古以来的存活方式）也是有很大的差异。

一如此刻在回答您的问题之时，我又要重复解释由于生态环境的不同，造成对土地认知的不同等等等等。自己就先累了。

因此，在写这七首叙事诗的十年之中，前期时段里，我确实绕不过这个"想要解释"的念头和企图来。不过，齐邦媛先生对我说了一句话给我解开了，齐先生说：

"无论如何，叙事诗还是诗，不是真正叙事。""有太多说不清楚的，只有自己懂，就不要去要求别人都懂吧。因为，最伤害诗意的就是解释。"

在此，我又要岔出题外去了。春萍教授，我想您既然手边有《我给记忆命名》这本书，一定看到齐邦媛先生和叶嘉莹先生对我的前面四首叙事诗的意见吧？齐先生是鼓励在先，等到看到我第一次发表的《英雄博尔术》时，真是失望极了！对我作了语重心长、非常严厉的批评。而叶嘉莹先生最早读了我第一首发表的《英雄噶尔丹》，就打长途电话来劝阻我，说我不适合写理性思辨的诗。甚至一直到我再写了两首之后，叶先生仍然告诉我，她认为写得不好！

聆听的当时我就知道自己有多么幸运，能够遇见这样爱护我的严师。所以我必须试着把心里这种非写不可的渴望向先生解释清楚才行。奇妙的是，当我解释了之后，叶先生就说了这几句话：

"如果你心里一直有这个愿望，那么也是由不得自己的，那就去写吧。写了出来，无论好坏，也是值得的。"

春萍教授，如您所知，从此一切就变得极为明朗了。我于是听命而行，继续向前。

为什么此刻要旧话重提呢？那是因为正在给您写这篇书面的回答之时，昨天（2021年1月18日）晚上9点刚过，叶先生从天津南开大学打电话给我，说刚收到我的《英雄时代》了，特地打来道谢。又说自己年纪大了，阅读比较吃力，恐怕也不可能细读，但是先生说：

"我想你还记得我们当时对于叙事诗的那段交谈吧？所以我今天看到这本书特别高兴，替你高兴，终于写出来了。"

春萍教授，我不怕别人误会我是在这里炫耀。（或许他们的看法也没错。）可是此刻我是诚心诚意想与您分享我的感动。自言已接近百岁的叶先生其实不必打这通电话的，她只要让身旁的我也熟悉的南开大学老师转告我就可以了。可是，先生对待晚辈却还如此慎重，心思还如此缜密，记忆力更是超强。

而站在文学的立场，叶先生依然不赞成我去写偏重理性思辨的叙事诗，但又同情我那非写不可的渴望，所以她的替我高兴也是由衷的。因此先生特别提醒我："我想你还记得我们当时对于叙事诗的那段交谈吧？"

听到这句话时我不禁热泪盈眶。何幸而能遇见这样爱护的我的严师。

请容许我在此一再诉说，因为笔在手中，趁着回答您的访谈之时，向远在西安雁塔之旁的您把这对我而言极其珍贵的时刻说出来，希望您也能感受到叶先生对文学的慎重与坚持的态度。

韩春萍：如果是表达方式的难度，您觉得口传文学中的英雄史诗对您写作有启发吗？民间文艺家还总结出了这些英雄史诗中的结构程序，称为口头诗学理论。神话学家坎贝尔也把英雄叙事的结构归纳为"听从召唤踏上旅途—在路上的考验—带着启示回来"三大阶段，他认为这三大阶段正对应着每个人内心对自我本性的追寻之旅，您在写作中有这样的感觉吗？我还没系统读过您写的英雄叙事诗，很想听您的分享。

席慕蓉：说来也是难得的机缘。我有幸在1989年8月底，第一天抵达北京的时候，就前往中央民族学院参加了我们古老的口传史诗《江格尔》汉文简译本在北京的发布会。更有幸的是在会场遇见三位从新疆远道前来、一生以颂唱史诗为专业的"江格尔齐"。他们那出自本质的庄重肃穆又深沉敏锐的艺术家风范，至今仍深深刻印在我的心底。

后来又两次前往天山，又获赠全套六册的《江格尔》汉译本，如获至宝。不过，是一直要到2005年夏秋之间，在新疆博尔塔拉蒙古自治州的草原上聆听了一次现场的《江格尔》颂唱表演之后，才让我领悟到，口传英雄史诗是从母语里茁壮生长的人间瑰宝，无可取代！

那天是庆祝草原节庆的晚会，用母语唱颂出来的史诗《江格尔》加上乐器的伴奏，魅力惊人！虽然只是短短的一小段（与原著的几十万行相比的话），却让我这不识母语的人也跟着振奋，跟着感动，跟着喝彩，在当场成为那个完全投入的听众群里的一分子。

但是，在阅读之时，我必须说实话：我的进度缓慢。我想，诗与歌其实与母语是不可分离的。将口传文学中的英雄史诗译成另外一种文字之后，对于学者应该是很好的研究资料。可是对于我这种普通读者来说，就有点"隔"了！

所以，每一个民族的口传英雄史诗都是与母语共生的，它的魅力就在其中。要努力让这样珍贵的艺术可以传延下去，就更需要多多保护和扶持在原乡的"江格尔齐"！

现在，要向您报告的是，我的《英雄时代》这本书里所依凭的线索，大部分是来自我们的另外一本大书《蒙古秘史》。

我阅读的是台湾联经出版的由札奇斯钦教授译著的《蒙古秘史新译并注释》。

同样是汉译本，也同样是一本深奥的大书，不是我这种无知无识的"旁听生"可以完全进入、完全了解的。好在这本书主要是叙述真实的历史，文字接近报道和记述，译成汉文比较不会失去原著的太多的魅力。

札奇斯钦教授的译笔加上注释也很有帮助，其中有些段落又是极为精彩的细节。有时仅仅是原作者的寥寥几笔就常会呈现出强烈的时空美感，对我是极大的诱惑，就会生发出"非写不可"的渴望。

（真对不起，应该早早寄出的。今天是年假的辛丑年元月初一，等年假一过就尽快寄上。）

此刻只好请您见谅，容我先简单说明一下吧。在《英雄时代》里，七首英雄叙事诗中的人物都是真有其人，真有其事。那"时空美感"也就是因为是生发自真实的历史现场，才会令我惊叹慑服。除了《钟察海公主》一篇是夹杂着传说与史实的陈述之外，其他六篇应该都算是比较纪实的吧。

不多说了，战战兢兢，以十年时间写成的这七首诗，也很希望能得到您的赐教。

韩春萍：我看到蒋勋先生给您写的评论里说1990年代的台湾，每个人都开始讲自己，因此每个人也有机会学习聆听他人。是的，您的个人讲述汇聚了越来越多人的声音在其中，质询的是传统与现代的冲突，这也是今天的一个普遍焦虑，您找到应对这焦虑的办法了吗？

席慕蓉：有些冲突是单独的个体完全无能为力的。所以，应对这焦虑的方法也可以说是无解。而且冲突并非只在传统与现代的对立，还有许多许多莫须有的对立也造成了灾害。我要向您坦白承认：我找不到应对这种焦虑的办法，我也渴求智者的昭示。

韩春萍：您是专业画家，业余写诗，却因诗歌被众多读者喜爱，甚至这份喜爱可以延续几代人，这种受欢迎程度在当代诗人中是极少见的。如果读者想请您用几句话来概况诗歌与人生的关系，您怎么说？谢谢席老师！

席慕蓉：您这个要求，对我很难呢！我不会用几句话来概括诗歌与人生的关系。诗有千万种面貌与质地，而我自己就有千百种看法，互相矛盾，互相牵扯，说不清楚。

不过，今夜是辛丑年的大年初一之夜，过年前的种种忙乱暂时停歇了，我有时间可以翻找旧资料，突发奇想，一来谢谢您的耐心容许我以书面回答。二来向您道歉我因不会打字，只好让您辛苦辨认这些混乱的字迹。所以，我来手抄两首自问自答关于"诗"与"人生"关系的拙作好吗？三来就以此向您拜年。借用齐邦媛先生的句子，祝您新年如意、思丰文富！

（一）如果有诗

是谁规定一首诗的发想
必然要依循前人？

我自身的困惑　难道
就不会自己去提问？
生命难道不能自生自长？
许多丰美的线索
难道不能只是来自那最深处的荒莽？

如果有诗　关于它的来处我一无所知

字句透过颤抖的笔尖源源涌现
灯下的我　今夜只负责书写
是诗　是诗自己在决定这一切

2016 年 12 月 21 日冬至（尚未发表）

（二）写一首诗

写一首诗　或许
无助于揭露人生的真相
倘若答案都早已由他人制定妥当

写诗的我们　只能静静转身　作别
隐入那朦胧的光

或许　一首诗最好活在边缘
在暮色深处　在似乎是陌生的异地
等待多年之后有人重新捡起

那时　所有的过往都已奔流在川上
唯有　唯有一首诗
可以因它的犹疑它的踌躇它的万般牵连
而搁浅
在我或你的脚下　眼前
方才开始凝神细读

在那荒凉寂静　砾石满布的岸边

2019 年 10 月 18 日（已发表，尚未成集）

（访谈人：韩春萍　长安大学人文学院副教授）

著作权合同登记号　图字 01－2023－3615

图书在版编目（CIP）数据

烙在时光里的印痕／席慕蓉著．－－北京：人民文学出版社，2023
ISBN 978－7－02－018306－7

Ⅰ.①烙… Ⅱ.①席… Ⅲ.①散文集－中国－当代 Ⅳ.①I267

中国国家版本馆CIP数据核字（2023）第189561号

责任编辑　范维哲　薛子俊
责任印制　王重艺

出版发行　人民文学出版社
社　　址　北京市朝内大街166号
邮政编码　100705

印　　刷　北京盛通印刷股份有限公司
经　　销　全国新华书店等

字　　数　136千字
开　　本　880毫米×1230毫米　1/32
印　　张　7.125　插页1
版　　次　2023年11月北京第1版
印　　次　2023年11月第1次印刷

书　　号　978-7-02-018306-7
定　　价　65.00元

如有印装质量问题，请与本社图书销售中心调换。电话：010－65233595